林贤治 主编
百年中篇典藏

莎菲女士的日记

丁玲 著

南方出版传媒
花城出版社
中国·广州

图书在版编目（CIP）数据

莎菲女士的日记 / 丁玲著. -- 广州 : 花城出版社, 2021.3（2022.4重印）
（百年中篇典藏 / 林贤治主编）
ISBN 978-7-5360-9101-6

Ⅰ. ①莎… Ⅱ. ①丁… Ⅲ. ①中篇小说－小说集－中国－现代 Ⅳ. ①I246.5

中国版本图书馆CIP数据核字（2020）第236542号

出 版 人：张 懿
丛书策划：张 懿
出版统筹：邹蔚昀
责任编辑：邹蔚昀 梁宝星
技术编辑：凌春梅
装帧设计：林露茜

书　名	莎菲女士的日记 SHA FEI NÜ SHI DE RI JI
出版发行	花城出版社 （广州市环市东路水荫路11号）
经　销	全国新华书店
印　刷	恒美印务（广州）有限公司 （广州南沙经济技术开发区环市大道南路334号）
开　本	880毫米×1230毫米 32开
印　张	5.125　2插页
字　数	110,000字
版　次	2021年3月第1版　2022年4月第2次印刷
定　价	46.80元

如发现印装质量问题，请直接与印刷厂联系调换。
购书热线：020-37604658　37602954
花城出版社网站：http://www.fcph.com.cn

总序

林贤治

中国新文学从产生之日起,便带上世界主义的性质。这不只在于由文言到白话的转变,重要的是文学观念的革新。从此,出现了新的文体,新的主题,新的场景、人物和故事,于是一个新的文学时代开始了。

以文体论,所谓"文学革命"最早从诗和散文开始。小说是后发的,先是短篇,后是中篇和长篇,作者也日渐增多起来。由于五四的风气所致,早期小说的题材多囿于知识人的家庭冲突和感情生活;继"畸零人"之后,社会底层多种小人物出现了,广大农民的命运悲剧与农村中的阶级斗争进而廓张了小说的疆域,随后,城市工人与市民生活也相继进入了小说家的视野。小说以它的叙事性、故事性,先天地具有一种大众文化的要素,比较诗和散文,影响更为迅捷和深广。

从小说的长度看,中篇介于短篇与长篇之间,但也因此兼具了两者的优长。由于具有相当的体量,中篇小说可以容纳更多的社会内容;又由于结构不太复杂而易于经营,所以,自二十世纪二十年代以来,小说家多有中篇制作。论成就,或许略逊于长篇,但胜于短篇是肯定的。

一九二二年,鲁迅在报上连载《阿Q正传》。这是新文学运动发生以后的第一个中篇小说,在革命的大背景下,为国人的灵魂造像;形式之新,寓意之深,辉煌了整个文坛。阿Q,作为一个典型人物,相当于塞万提斯笔下的堂·吉诃德,在中国,为广大的人们所熟知,他的"精神胜利法"成了民族的寓言。在二十年代,创造社和文学研究会的作家创作颇丰,中篇小说作家有郁达夫、废名、许地山、茅盾,以及沅君、庐隐、丁玲等。郁达夫在五四文学中享有盛名。他的小说,最早创造了"零余者"的形象,其中自我暴露、性描写,在当时是惊世骇俗的,虽然有颓废的倾向,却不无反封建的进步的意义。《迷羊》《她是一个弱女子》是他的代表性作品,打着时代特有的个性主义和人道主义的双重烙印。在丁玲的《莎菲女士的日记》中,作为刚刚觉醒的女性主义者,追求个性解放和自由恋爱的莎菲女士,结果陷入歧路彷徨、无从选择的困局之中,表现了一代五四新女性所面临的新观念与旧事物相冲突的尴尬处境。继鲁迅之后,一批"乡土作家"如台静农、蹇先艾、许钦文、王鲁彦等崛起文坛,是当时的一个突出的文学现象。但是佳作不多,中篇绝少。

毕竟是新文学的发轫期,二十世纪二十年代的小说大多流于粗浅,至三十年代,作家队伍迅速扩大,而且明显地变得成熟起来。有三种文学,其中一种是所谓"民族主义文学""三民主义文学";另一种与官方文学相对立,在当时声势颇大,称为"左翼文学"。以"左联"为中心,小说作家有茅盾、柔石、蒋光慈、叶紫、张天翼、丁玲,外围有影响的还有萧军、萧红等。其中,中篇如《林家铺子》《二月》《丽莎的哀怨》

《星》《八月的乡村》《生死场》，都是有影响的作品。茅盾素喜取景历史的大框架，早期较重人物的生理和心理描写，有点自然主义的味道，后来有更多的理性介入，重社会分析。中篇《林家铺子》讲述杭嘉湖地区一个小店铺老板苦苦挣扎，终于破产的故事。同《春蚕》诸篇一起，展开二十世纪三十年代民族危难、民生凋敝的广阔的社会图景。《二月》是柔石的一部诗意作品。小说在一个江南小镇中引出陶岚的爱情，文嫂的悲剧，和一个交头接耳、光怪陆离而又死气沉沉的社会。最后，主人公萧涧秋在流言的打击下，黯然离开小镇。作者以工妙的技巧，揭示了知识分子在残酷的现实生活中进退失据的精神状态。诗人蒋光慈的小说《丽莎的哀怨》《冲出云围的月亮》发表后，受到左翼作家的批判，影响轰动一时。其实"革命+恋爱"的创作模式，并不能遮掩小说所展露的人性的光辉。特别在充斥着"左"倾教条主义政治话语的语境中，作者执着于对"人"的描写，对人性与环境的真实性呈现，是极为难得的。萧军和萧红是东北流亡作家，作品充满着一种家国之痛。《八月的乡村》以场景的连缀，展示了与日本和伪满洲国军队战斗的全貌。《生死场》超越民族和国家的界限，着眼于土地和人的生存。"在乡村，人和动物一起忙着生，忙着死"，是贯穿全篇的主旋律。小说有着深厚的人本主义的内涵，带有启蒙的意义。

此外，还有一种文学，来自一批自由派作家，独立的作家，难以归类的作家。如老舍、巴金、沈从文等，在艺术上，有着更为自觉的追求。像沈从文的《边城》《长河》，就没有左翼作品那种强烈的阶级意识。沈从文自称"是个不想明白道理却永远为现象所倾心的人"。他倾情于"永远的湘西",着意于表现自然之美与野蛮的力,叙述是沉静的,描写是细致的,一些残酷的血腥的故事,在他的笔下,也都往往转换成文化的美,诗意的美,而非伦理的美。巴金早期的小说颇具政治色彩,如《灭亡》;而《憩园》,则是一种挽歌调子,很个人化的。施蛰存等一批上海作家是另一种面貌,他们颇受西方现代派文学的影响,从事实验性写作。不过,值得指出的是,左翼作家是一批青年叛逆者,敢于正视现实、反抗黑暗;其中有些作品虽然因意识形态的影响而在一定程度上削弱了艺术的力量,但是仍然不失为当时最为坚实锋锐的文学,是五四的"人的文学"的合理的延伸。

整个二十世纪四十年代动荡不安。这时,除了早年成名的作家遗下一些创作外,新进的作家作品不多,突出的有张爱玲的《金锁记》和路翎的《饥饿的郭素娥》。张爱玲善于观察和描写人性幽暗的一面,《金锁记》可谓代表作。路翎的《饥饿的郭素娥》何尝不是写人性,却是张扬的、光明的、美善的。在劳动妇女郭素娥的身上,不无精神奴役的创伤,却更多地表现出了与命运抗争的顽强的生命力。延安文学开拓出另一片天地:清新、简朴、颂歌式。丁玲的《在医院中》《我在霞村的时候》,以及赵树理的《小二黑结婚》《李有才板话》,形态很不相同,但在文学史上都有着全新的意义。在丁玲这里,明显地带有五四时期的个人主义和女性主义的残留,所以当时遭到不合理的批判。赵树理的小说,可以说专写农村和农民,但不同于此前知识分子作家的乡土小说,强调的不是苦难,而是新生的活力和希望。语言形式是民族的、传统的,结合现代小说的元素,有个人的创造性,但无疑地更加切合时代的需要。所以,周扬高度评价赵树理的作品,称为"新文艺的方向"。

一九四九年以后,中国有了统一的文坛。从五十年代初期的文艺整风开始,多种政治运动接连不断,对作家的思想、个性和创造力造成了不同程度的损害。比如对萧也牧的《我们夫妇之间》的批判,以及随后对路翎入朝创作的《洼地上的"战役"》等小说的批判,都在小说界产生了直接的消极影响。

二十世纪五六十年代的中短篇小说颇为寥落。少数青年作者带有锐意的作品,如王蒙的《组织部来了个年轻人》,较早表现反官僚主义的主题。小说也许受到来自苏联的"写真实""干预生活"等理论和作品的影响,但是作者无意模仿,这里是来自五十年代中国的真实生活,和一个"少布"的理想激情的历史性相遇。它的出现,本是文学话语,通过政治解读遂成为"毒草",二十年后同众多杂草一起,作为"重放的鲜花"傲然出现。老作家孙犁以一贯的诗性笔调写农业合作化运动,自然被"边缘化";赵树理一直注目于农村中的"中间人物",却在一九六二年著名的"大连会议"之后为激进的批判家所抛弃。"文革"十年,文坛荒废,荆棘遍地;所谓"迷阳聊饰大田荒",甚至连迷阳也没有。

"文革"结束以后,地下水喷出了地面。以短篇小说《伤痕》为标志的一种暴露性文学出现了,此时,一批带有创伤记忆的中篇如《天云山传奇》《犯人李铜钟的故事》《大墙下的红玉兰》《绿化树》《一个冬天的童话》《被爱情遗忘的角落》等同时问世。《绿化树》叙写的是右派章永璘被流放到西北劳改农场的经历,是张贤亮描写中国知识分子历史命运的一部力作。与其他"大墙文学"不同的是，作者突出地写了食和性。通过对主人公一系列忏悔、内疚、自省等心理活动的描写，对饥饿包括性饥饿的剖视，真实地再现了特定年代中的知识分子的苦难生活。作者还创作了系列类似的小说，名为"唯物论者的启示录"，对一代知识分子命运作了深入的反思。张弦的小说，妇女形象的描写集中而出色。《被爱情遗忘的角落》《未亡人》《挣不断的红丝线》，其中的女性，无论在农村还是城市，无论是少女还是寡妇，都是生活中的弱势者，极"左"路线下的不幸者、失败者和牺牲者。驰骋文坛的，除了伤痕累累的老作家之外，又多出一支以知青作家为代表的新军，作品有张承志的《北方的河》《黑骏马》，王小波的《黄金时代》，阿城的《棋王》等。或者表达青年一代被劫夺的苦痛，或者表现为对土地和人民的皈依，都是去除了"瞒和骗"的写真实的作品。这时，关注现实生活的小说多起来了。无论是蒋子龙的《乔厂长上任记》、高晓声的《陈奂生上城》，还是谌容的《人到中年》、路遥的《人生》，都着意表现中国社会的困境，不曾回避转型时期的问题。《人到中年》通过中年眼科大夫陆文婷因工作和家庭负担过重，积劳成疾，濒临死亡的故事，揭示中国知识分子的生存现状，可谓切中时弊。小说创造了陆文婷这个悲剧性的英雄形象，富于艺术感染力，一经发表，立即引起社会的巨大反响。

二十世纪八十年代初期中国作家非常活跃，带来中篇小说空前的繁荣。这时，出现了重在人性表现的另类作品，如汪曾祺的《受戒》《大淖记事》，张洁的《爱，是不能忘记的》，还有史铁生的《关于詹牧师的报告文学》《命若琴弦》等，显示了创作的多元化倾向。汪曾祺的小说创作起步于二十世纪四十年代,却因时代的劫难,空置几十年之后,终至大器晚成。他自称是"一个中国式的抒情的人道主义者",小说多叙民间故事,十足的中国风。《大淖记事》乃短篇连缀,散文化、抒情性,气象阔大,尺幅千里,在他的作品中是有代表性的。

八十年代中期,"思想解放运动"落潮,美学热、文化热兴起。在文学界,"寻根文学""先锋小说"应运而生。"寻根"本是现实问题的深化,然而,"寻"的结果,往往"超时代",脱离现实政治。王安忆的《小鲍庄》,以多元的叙述视角,通过对淮北一个小村庄几户人家的命运,尤其是捞渣之死的描写,剖析了传统乡村的文化心理结构,内含对国民性及现实生活的双面批判,是其中少有的佳作。"先锋小说"在叙事上丰富了中国小说,但是由于欠缺坚实的人生体验,大体浅尝辄止,成就不大,有不少西方现代主义的赝品。

至九十年代,中篇小说创作进入低落、平稳的状态。这时,作家或者倡言"新写实主义","分享艰难",或者标榜"个人化叙事",暴露私隐。无论回归正统还是偏离正统,都意味着文学进入了一个思想淡出、收敛锋芒的时期。王朔是一个异类,嘲弄一切,否弃一切;他的作品,容易让人想起鲁迅的名文《流氓的变迁》,却也不失其解构的意义。这时,有不少作家致力于历史题材的书写或改写,莫言的《红高粱》写抗战时期的民众抗争,格非的《迷舟》写北伐战事,从叙述学的角度看,明显是另辟蹊径的。苏童的《妻妾成群》,写的是大家族的妇女生活。在大宅门内,正妻看透世事,转而信佛;

小妾却互相倾轧,死的死,疯的疯。这些女人,都需要依附主子而活,互相迫害成为常态,不失为一个古老的男权社会的象征。尤凤伟的《小灯》和林白的《回廊之椅》写历史运动,视角不同,笔调也很不一样。尤凤伟重写实,重细节,笔力雄健;林白则往往避实就虚,描写多带诗性,比较丁玲的《太阳照在桑干河上》和周立波的《暴风骤雨》等经典作品,却都是带有颠覆性的叙述。贾平凹有一个关于土匪生活的系列中篇,艺术上很有特色。现实题材中,余华的《许三观卖血记》,刘庆邦的《到城里去》,迟子建的《世界上所有的夜晚》,胡学文的乡土故事和徐则臣的北漂系列,多向写出"新时期"的种种窘态。钟求是的《谢雨的大学》,解析当代英雄,包括大学教育体制,是一个值得注意的作品。关于官场、矿区、下岗工人、性工作者,现代化、城市化过程中的一些重大的社会事件和现象,都在中篇创作中有所反映,但大多显得简单粗糙,质量不高。

一百年来,经过时间的淘洗,积累了一批具有经典性、代表性的中篇小说。"百年中篇典藏"按现代到当代的不同时段,从中遴选出二十四部作品,同时选入相关的其他中短篇乃至散文、评论若干一起出版。宗旨是,使读者对具体的作家、作品,乃至一百年来中篇小说创作的源流状貌有一个较为完整的了解。

作者简介

丁玲（1904-1986），原名蒋伟，字冰之，当代著名作家、社会活动家。1927年发表处女作《梦珂》，1928年初发表中篇小说《莎菲女士的日记》，引起广泛的关注与赞扬。之后创作了《韦护》《一九三〇年春上海》《田家冲》《水》《母亲》等作品，从而奠定了她在中国现代文学史上的地位。她于1930年参加中国左翼作家联盟。之后，担任"左联"机关刊物《北斗》主编和中共"左联"党团书记。1936年她进入陕北苏区，担任中国文艺协会主任，红军中央警卫团政治处副主任。抗日战争全面爆发后，她担任八路军西北战地服务团团长，率团随八路军总部开赴山西抗日前线，进行宣传，统战工作。1939年她回到延安，担任陕甘宁边区文化协会副主任，《解放日报》文艺副刊主编。在此期间，她发表了《上前线去》《彭德怀速写》《文艺在苏区》《一颗未出膛的枪弹》《冀村之夜》《我在霞村的时候》《在医院中》《田保霖》《三日杂记》《夜》等作品，反映了红军、苏区、八路军、抗日根据地军民的战斗生活。1948年写成长篇小说《太阳照在桑干河上》，被译成多种文字，荣获1951年度斯大林文学奖。1949年后，她担任全国文联党组副书记，中国作家协会副主席、党组书记，中共中央宣传部文艺处处长，《文艺报》主编，中央文学研究所所长等职。晚年，她担任全国政协常委兼文化组组长，中国作家协会副主席，写了《杜晚香》《牛棚小品》等作品约一百万字。

青年丁玲

1924年与胡也频在北京

丁玲与胡也频

1931年2月7日夜，胡也频和柔和、殷夫、冯铿及李求实等5位左翼作家被国民党政府秘密杀害于上海龙华警备司令部。4月，丁玲把儿子送到湖南蒋慕唐老人手里，请她老人家代为抚养，并把胡也频的牺牲瞒住母亲

1930年11月8日，丁玲生下儿子蒋祖林。同胡也频和儿子合影于上海

1937年抗日战争爆发后,丁玲组建并率领第18集团军西北战地服务团奔赴山西省抗日前线

1949年11月丁玲在莫斯科

丁玲(前排中)被划为右派,于1958年下放北大荒劳动改造

1966年"文革"开始,造反派不断揪斗丁玲,这是在宝泉岭农场的工人文化宫广场,陈明在文化宫楼上所偷拍

丁玲、陈明从秦城监狱出狱后第一次合影

1981年夏天,丁玲回北大荒看望农工们。旁边是当年的养鸡姑娘、被农工们称作丁玲干女儿的王俊芬

丁玲与艾青,1982年3月

1981年12月,丁玲在美国爱荷华州

丁玲手稿

丁玲所作油画

1975年，丁玲和陈明分别从秦城监狱无罪释放，丁玲多种宿疾缠身，不能久坐写作。陈明为她特做了一个"写字台"

丁玲第一部短篇小说集《在黑暗中》，收入《莎菲女士的日记》

丁玲在北京多福巷16号寓所写作，1952年

目录

莎菲女士的日记　　丁　玲　/1
我在霞村的时候　　丁　玲　/45
在医院中　　丁　玲　/67

大起大落——莎菲女士的命运　　杨桂欣　/90
丁玲谈《莎菲女士的日记》　　杨桂欣　/99
"莎菲决不是丁玲！"　　杨桂欣　/103
贞贞——抗日烽火中的凤凰　　杨桂欣　/110
陆萍——执着追求现代文明的改革家　　杨桂欣　/121

丁玲创作年表　/131

莎菲女士的日记

丁 玲

十二月二十四

今天又刮风！天还没亮，就被风刮醒了。伙计又跑进来生火炉。我知道，这是怎样都不能再睡得着了的。我也知道，不起来，便会头昏，睡在被窝里是太爱想到一些奇奇怪怪的事上去。医生说顶好能多睡，多吃，莫看书，莫想事，偏这就不能，夜晚总得到两三点才能睡着，天不亮又醒了。像这样刮风天，真不能不令人想到许多使人焦躁的事。并且一刮风，就不能出去玩，关在屋子里没有书看，还能做些什么？一个人能呆呆的坐着，等时间的过去吗？我是每天都在等着，挨着，只想这冬天快点过去；天气一暖和，我咳嗽总可好些，那时候，要回南便回南，要进学校便进学校，但这冬天可太长了。

太阳照到纸窗上时,我是在煨第三次的牛奶。昨天煨了四次。次数虽煨得多,却不定是要吃,这只不过是一个人在刮风天为免除烦恼的养气法子。这固然可以混去一小点时间,但有时却又不能不令人更加生气,所以上星期整整的有七天没玩它,不过在没想出别的法子时,是又不能不借重它来像一个老年人耐心着消磨时间。

报来了,便看报,顺着次序看那大号字标题的国内新闻,然后又看国外要闻,本埠琐闻……把教育界,党化教育,经济界,九六公债盘价……全看完,还要再去温习一次昨天前天已看熟了的那些招男女编级新生的广告,那些为分家产起诉的启事,连那些什么六〇六,百零机,美容药水,开明戏,真光电影……都熟了过后才懒懒地丢开报纸。自然,有时会发现点新的广告,但也除不了是些绸缎铺五年六年纪念的减价,恕讣不周的讣闻之类。

报看完,想不出能找点什么事做,只好一人坐在火炉旁生气。气的事,也是天天气惯了的。天天一听到从窗外走廊上传来的那些住客们喊伙计的声音,便头痛,那声音真是又粗,又大,又嘎,又单调;"伙计,开壶!"或是"脸水,伙计!"这是谁也可以想象出来的一种难听的声音。还有,那楼下电话也是不断的有人在那电机旁大声的说话。没有一些声息时,又会感到寂沉沉的可怕,尤其是那四堵粉垩的墙。它们呆呆的把你眼睛挡住,无论你坐在哪方;逃到床上躺着吧,那同样的白垩的天花板,便沉沉的把你压住。真找不出一件事是能令人不生嫌厌的心的;如同那麻脸伙计,那有抹布味的饭菜,那扫不干净的窗格上的沙土,那洗脸台上的镜子——这是一面可以把你的脸拖到一尺多长的镜子，不过只要你肯稍微一偏你的头，那你的脸又会扁得使你自己也害怕……这都是可以令人生气了又生气。也许这只我一人如是。但我却宁肯能找到些新的不快活，不满足；只是新的，无论好坏，似乎都隔我太远了。

吃过午饭，苇弟便来了，我一听到他那特有的急遽的皮鞋声已从走廊的那端传来时，我的心似乎便从一种窒息中透出一口气来感到舒适。但我却不会表示，所以当苇弟进来时，我只能默默的望着他；他反以为我又在烦恼，握紧我一双手，"姊姊，姊姊"那样不断的叫着。我，我自然笑了！我笑的什么呢，我知道！在那两颗只望到我眼睛下面的跳动的眸子中，我准懂得那收藏在眼睑下面，不愿给人知道的是些什么东西！这是有多么久了，你，苇弟，你在爱我！但他捉住过我吗？自然，我是不能负一点责，一个女人是应当这样。其实，我算够忠厚了；我不相信会有第二个女人这样不捉弄他的，并且我还在确确实实的可怜他，竟有时忍不住想去指点他："苇弟，你不可以换个方法吗？这样是只能反使我不高兴的……"对的，假使苇弟能够再聪明一点，我是可以比较喜欢他些，但他却只能如此忠实的去表现他的真挚！

苇弟看见我笑了，便很满足。跳过床头去脱大氅，还脱下他那顶大皮帽来。假使他这时再掉过头来望我一下，我想他一定可以从我的眼睛里得些不快活去。为什么他不可以再多的懂得我些呢？

我总愿意有那末一个人能了解得我清清楚楚的，如若不懂得我，我要那些爱，那些体贴做什么？偏偏我的父亲，我的姊姊，我的朋友都能如此盲目的爱惜我，我真不知他们所爱惜我的是些什么；爱我的骄纵，爱我的脾气，爱我的肺病吗？有时我为这些生气，伤心，但他们却都更容让我，更爱我，说一些错到更能使我想打他们的安慰话。我真愿意在这种时候会有人懂得我，便骂我，我也可以快乐而骄傲了。

没有人来理我，看我，我是会想念人家，或悁恨人家，但有人来后，我不觉得又会给人一些难堪，这也是无法的事。近来为要磨炼自己，常常话到口边便咽住，怕又在无意中竟刺着了别人的隐处，虽说是开玩笑。因为如此，所以这是可以想象出来的，我是拿一种什么样的心情在陪苇弟坐。但苇弟若站起身来喊走时，我是又会因怕寂寞而感到怅惘，而恨起他来。这个，苇弟是早就知道了的，所以他一直到晚上十点钟才回去。不过我却不骗人，并不骗自己，我清白，苇弟不走，不特于他没有益处，反只能让我更觉得他太容易支使，或竟更可怜他的太不会爱的技巧了。

十二月二十八

今天我请毓芳同云霖看电影。毓芳却邀了剑如来。我气得只想哭，但我却纵声的笑了。剑如，她是够多么可以损害我自尊之心的；我因为她的容貌，举止，无一不像我幼时所最投洽的一个朋友，所以我竟不觉的时常在追随她，她又特意给了我许多敢于亲近她的勇气，但后来，我却遭受了一种不可忍耐的待遇，无论什么时候想起，我都会痛恨我那过去的，已不可追悔的无赖行为：在一个星期中我曾足足的给了她八封长信，而未曾给人理睬过。毓芳真不知想的哪一股劲，明知我已不愿再提起从前的事，却故意要邀着她来，像有心要挑逗我的愤恨一样，我真气了。

我的笑，毓芳和云霖是不会留意这有什么变异，但剑如，她是能感觉的；可是她会装，装糊涂，同我毫无芥蒂的说话。我预备骂她几句，不过话只到口边便想到我为自己定下的戒条。并且做得太认真，怕越令人得意。所以我又忍下心去同她们玩。

到真光时，还很早，在门口又遇着一群同乡的小姐们，我真厌恶那些惯做的笑靥，我不去理她们，并且我无缘无故的生气到那许多去看电影的人。我乘毓芳同她们说到热闹中，我丢下我所请的客，悄悄回来了。

除了我自己，是没有人会原谅我的。谁也在批评我，谁也不知道我在人前所忍受的一些人们给我的感触。别人说我怪僻，他们哪里知道我却时常在讨人好，讨人欢喜，不过人们太不肯鼓励我去说那太违我心的话，常常给我机会，让我反省到我自己的行为，让我离人们却更远了。

夜深时，全公寓都静静的，我躺在床上好久了。我清清白白的想透了一些事，我还能伤心什么呢？

十二月二十九

一早毓芳就来电话。毓芳是好人，她不会扯谎，大约剑如是真病。毓芳说，起病是为我，要我去，剑如将向我解释。毓芳错了，剑如也错了，莎菲不是欢喜听人解释的人。根本我就否认宇宙间要解释。朋友们好，便好；合不来时，给别人点苦头吃,也是正大光明的事。我还以为我够大量,太没报复人了。剑如既为我病,我倒快活,我不会拒绝听别人为我而病的消息。并且剑如病,还可以减少点我从前自怨自艾的烦恼。

我真不知应怎样才能分析出我自己来。有时为一朵被风吹散了的白云,会感到一种渺茫的,不可捉摸的难过,但看到一个二十多岁的男子(苇弟其实还大我四岁)把眼泪一颗一颗掉到我手背时,却像野人一样的在得意的笑了。苇弟是从东城买了许多信纸信封来我这里玩,为了他很快乐,在笑,我便故意去捉弄,看到他哭了,我却快意起来,并且说"请珍重点你的眼泪吧,不要以为姊姊是像别的女人一样脆弱得受不起一颗眼泪……""还要哭,请你转家去哭,我看见眼泪就讨厌……"自然,他不走,不分辩,不负气,只蜷在椅角边老老实实无声的去流那不知从哪里得来的那末多的眼泪。我,自然,得意够了,是又会惭愧起来,于是用着姊姊的态度去喊他洗脸,抚摩他的头发。他镶着泪珠又笑了。

在一个老实人面前,我是已尽自己的残酷天性去磨折了他,但当他走后,我真又想能抓回他来,只请求他一句:"我知道自己的罪过,请不要再爱这样一个不配承受那真挚的爱的女人了吧!"

一月一号

我不知道那些热闹的人们是怎样的过年法,我是只在牛奶中加了一个鸡子,鸡子还是昨天苇弟拿来的,一共是二十个,昨天煨了七个茶卤蛋,剩下的十三个,大约总够我两星期来吃它。若吃午饭时,苇弟会来,则一定有两个罐头的希望。我真希望他来。因为想到苇弟来,所以我便上单牌楼去买了四合糖,两包点心,一篓橘子和苹果,是预备他来时给他吃的。我是准断定在今天只有他才能来。

但午饭吃过了,苇弟却没来。

我一共写了五封信,都是用前几天苇弟买来的好纸好笔。但我想能接得几个美丽的画片,却不能。连几个最爱弄这个玩艺儿的姊姊们都把我这应得的一份儿忘了。不得画片,不希罕,单单只忘了我,却是可气的事。不过为了自己从不会给人拜过一次年,算了,这也是应该的。

晚饭还是我一人独吃,我烦恼透了。

夜晚毓芳云霖却来了,还引来一个高个儿少年,我只想他们才真算幸福;毓芳有云霖爱她,她满意,他也满意。幸福不是在有爱人,是在两人都无更大的欲望。商商量量平平和和的过日子。自然,也有人将不屑于这平庸。但那只是另外那人的,却与我的毓芳无关。

毓芳是好人,因为她有云霖,所以她"愿天下有情人皆成眷属"。她去年曾替玛丽作过一次恋爱婚姻介绍者。她又希望我能同苇弟好。因此她一来便问苇弟。但她却和云霖及那高个儿把我给苇弟买的东西吃完了。

那高个儿可真漂亮,这是我第一次感觉到男人的美上面,从来我是没有留心到。只以为一个男人的本行是会说话,会看眼色,会小心就够了。今天我看了这高个儿,才懂得男人是另铸有一种高贵的模型,我看出那衬在他面前的云霖显得多么委琐,多么呆拙……我真要可怜云霖,假使他知道了他在这个人前所衬出的不幸时，他将怎样伤心他那些所有的粗丑的眼神，举止。我更不知，当毓芳拿着这一高一矮的男人相比时，是会起一种什么情感！

他，这生人，我将怎样去形容他的美呢？固然，他的顾长的身躯，白嫩的面庞，薄薄的小嘴唇，柔软的头发，都足以闪耀人的眼睛，但他却还另外有一种说不出，捉不到的丰仪来煽动你的心。如同，当我请问他的名字时，他是会用那种我想不到的不急遽的态度递过那只擎有名片的手来。我抬起头去，呀，我看见那两个鲜红的，嫩腻的，深深凹进的嘴角了。我能告诉人吗，我是用一种小儿要糖果的心情在望着那惹人的两个小东西。但我知道在这个社会里面是不会准许任我去取得我所要的来满足我的冲动，我的欲望，无论这是于人并不损害的事，所以我只得忍耐着，低下头去，默默的去念那名片上的字：

"凌吉士，新加坡……"

凌吉士，他是能那样毫无拘束的在我这儿谈话，像是在一个很熟的朋友处，难道我能说他这是有意来捉弄一个胆小的人？我是为要强迫的去拒绝引诱，从不敢把眼光抬平去一望那可爱慕的火炉的一角。并且害得两只从不知羞惭的破烂拖鞋，也逼着我不准走到桌前的灯光处。我并且生气我自己：怎么我只会那样拘束，不调皮的在应对？平日看不起别人的交际法，今天才知道自己是还只能显得又呆，又傻气。唉，他一定以为我是一个乡下才出来的姑娘了！

云霖同毓芳两人看见我木木的，以为我不欢喜这生人，常常去打断他的说话，不久带着他走了。这个我也能感激他们的好意吗？我望着那一高两矮的影子在楼下院子中消失时，我真不愿再回到这留得有那人的靴印，那人的声音，和那人吃剩的饼屑的屋子。

一月三号

这两夜通宵通宵的咳嗽。对于药，简直就不会有信仰，药与病不是已毫无关系吗？我明明已厌烦了那苦水，但却又按时去吃它，假使连药也不吃，我更能拿什么来希望我的病呢？神要人忍耐着生活，便安排许多痛苦在死的前面，使人不敢走拢死去。我呢，我是更为了我这短促的不久的生，所以我越求生的利害；不是我怕死，是我总觉得我还没享有我生的一切。我要，我要使我快乐。无论在白天，在夜晚，我都是在梦想可以使我没有什么遗憾在我死的时候的一些事情。我想我能睡在一间极精致的卧房的睡榻上，有我的姊姊们跪在榻前的熊皮毡子上为我祈祷，父亲悄悄的朝着窗外叹息，我读着许多封从那些爱我的人儿们寄来的长信，朋友们都纪念我流着忠实的眼泪……我迫切的需要这人间的感情，想占有许多不可能的东西，但人们给我的是什么呢？整整又两天，又一人幽囚在公寓里，没有一个人来，也没有一封信来，我躺在床上咳嗽，坐在火炉旁咳嗽，走到桌子前也咳嗽，还想念这些可恨的人们……其实是还收到一封信的，不过这除了更加我一些不快外，也只不过是加我不快。这是在一年前曾骚扰过我的一个安徽粗壮男人所寄来，我没有看完就扯了。我真肉麻那满纸的"爱呀爱的"！我厌恨我不喜欢的人们的苋献……

我，我能说得出我真实的需要是些什么呢？

一月四号

事情不知错到什么地方去了。我为什么会想到搬家，并且在糊里糊涂中欺骗了云霖，好像扯谎也是本能一样，所以在今天能毫不费力的便使用了。假使云霖知道了莎菲也会哄骗他，他不知应如何伤心；莎菲是他们那样爱惜的一个小妹妹。自然我不是安心的，并且我现在在后悔。但我能决定吗，搬呢，还是不搬？

我是不能不向我自己说："你是在想念那高个儿的影子呢！"是的，这几天几夜我是无时不神往到那些足以诱惑我的。为什么他不在这几天中单独来会我呢？他应当知道他是不该让我如此的去思慕他。他应当来看我，说他也想念我才对。假使他来，我是不会拒绝去听他所说的一些爱慕我的话，我还将令他知道我所要的是些什么。但他却不来。我估定这像传奇中的事是难实现了。难道我去找他吗？一个女人这样放肆，是不会得好结果的。何况还要别人能尊敬我呢。我想不出好法子来，只好先去到云霖处试一试，所以吃过午饭，我便冒风向东城去。

云霖是京都大学的学生，他的住房便租在一家间于京都大学一院和二院之间青年胡同里。我到他那里时，幸好他没出去，毓芳也没来。云霖当然很诧异我在大风天出来，我说是到德国医院看病，顺便来这里。他也就毫不疑惑，又来问我的病状，我却把话头故意引到那天晚上。不费一点气力，我便已打探得那人儿是住在第四寄宿舍,位置是在京都大学二院隔壁的。不久,我于是又叹起气来,我用了许多言辞把在西城公寓里的生活,描摹得怎样的寂寞,黯淡。我又扯谎,说我唯一只想能贴近毓芳(我已知道毓芳已预备搬来云霖处)。我要求云霖同我往近处找房。云霖当然高兴这差事,不会迟疑的。

在找房的时候,凑巧竟碰着了凌吉士。他也陪着我们。我真高兴,高兴使我胆大了,我狠狠的望了他几次,他没有觉得,他问我的病,我说全好了,他不信似的在笑。

我看上一间又低,又小,又霉的东房,这是在云霖的隔壁一家叫大元的公寓里。他和云霖都说太湿,我却执意要在第二天便搬来,理由是那边太使我厌倦,而我急切的又要依着毓芳。云霖无法,也就答应了。还说好第二天一早他和毓芳过来替我帮忙。

我能告诉人,我单单选上这房子的用意吗?它是位置在第四寄宿舍和云霖住所之间。

他不曾向我告别,所以我又转到云霖处,我尽所有的大胆在谈笑。我把他什么细小处都审视遍了。我觉得都有我嘴唇放上去的需要。他不会也想到我是在打量他,盘算他吗?后来我特意说我想请他替我补英文,云霖笑,他听后却受窘了,不好意思的在含含糊糊的回答,于是我向心里说,这还不是一个坏蛋呢,那样高大的一个男人却还会红脸?因此我的狂热更炎炽了。但我不愿让人懂得我,看得我太容易,所以我就驱遣我自己,很早的就回来了。

现在仔细一想,我唯恐我的任性,将把我送到更坏的地方去,暂时且住在这有洋炉的房里吧,难道我能说得上我是爱上了那南洋人吗？我还一丝一毫都不知道他呢。什么那嘴唇，那眉梢，那眼角，那指尖……多无意识，这并不是一个人所应需的，我着魔了，会想到那上面。我决计不搬，一心一意来养病。

我决定了。我懊悔，我懊悔我白天所做的一些不是，一个正经女人所做不出来的。

一月六号

都奇怪我，听说我搬了家，南城的金英，西城的江周，都来到我这低湿的小屋里。我笑着，有时在床上打滚，她们都说我越小孩气了，我更大笑起来，我只想告诉她们我想的是什么。下午苇弟也来了。苇弟最不快活我搬家，因为我未曾同他商量，并且离他更远了。他见着云霖时，竟不理他。云霖摸不着他为什么生气，望着他。他却更板起脸孔。我好笑，我向自己说："可怜，冤枉他了，一个好人！"

毓芳不再向我说剑如。她决定两三天便搬来云霖处，因为她觉得我既这样想傍着她住，她不能让我一人寂寂寞寞的住在这里。她和云霖待我更比以前亲热。

一月十号

这几天我都见着凌吉士，但我从没同他多说过几句话，我是决不先提到补英文事。我看见他一天要两次的往云霖处跑，我发笑，我准断定他以前一定不会同云霖如此亲密的。我没有一次邀请他来我那儿去玩,虽说他问了几次搬了家如何,我都装出不懂的样儿笑一下便算回答。我是把所有的心计都放在这上面用,好像同着什么东西搏斗一样。我要着那样东西,我还不愿去取得,我务必想方设计的让他自己送来。是的,我了解我自己,不过是一个女性十足的女人,女人是只把心思放到她要征服的男人们身上。我要占有他,我要他无条件的献上他的心,跪着求我赐给他的吻呢。我简直癫了,反反复复的只想着我所要施行的手段的步骤,我简直癫了!

毓芳云霖看不出我的兴奋来,只说我病快好了。我也正不愿他们知道,说我病好,我就假装着高兴。

一月十二

毓芳已搬来,云霖却又搬走了。宇宙间竟会生出这样一对人来,为怕生小孩,便不肯住在一起,我猜想他们是连自己也不敢断定:当两人抱在一床时是不会另外又干出些别的事来,所以只好预先防范,不给那肉体接触的机会。至于那单独在一房时的拥抱和亲嘴,是不会发生危险,所以悄悄来表演几次,便不在禁止之列。我忍不住嘲笑他们了,这禁欲主义者!为什么会不需要拥抱那爱人的裸露的身体?为什么要压制住这爱的表现?为什么在两人还没睡在一个被窝里以前,会想到那些不相干足以担心的事?我不相信恋爱是如此的理智,如此的科学!

他俩不生气我的嘲笑,他俩还骄傲着他们的纯洁,而笑我小孩气呢。我体会得出他们的心情,但我不能解释宇宙间所发生的许许多多奇怪的事。

这夜我在云霖处(现在要说毓芳处了)坐到夜晚十点钟才回来,说了许多关于鬼怪的故事。

鬼怪这东西,我是在一点点大的时候就听惯了,坐在姨妈怀里听姨爹讲《聊斋》是常事,并且一到夜里就爱听。至于怕,又是另外一件不愿告人的。因为一说怕,准就听不成,姨爹便会踱过对面书房去,小孩就不准下床了。到进了学校,又从先生口里得知点科学常识,为了信服我们那位周麻子二先生,所以连书本也信服,从此鬼怪便不屑于害怕了。近来人是更在长高长大,说起来,总是否认有鬼怪的,但鸡栗却不肯因为不信便不出来,寒毛一个个也会竖起的。不过每次同人一说到鬼怪时,别人是不知道我正在想拗开些说到别的闲话上去,为的怕夜里一个人睡在被窝里时想到死去了的姨爹姨妈就伤心。

回来时,我看到那黑魆魆的小胡同,真有点胆悸。我想,假使在哪个角落里露出一个大黄脸,或伸来一只毛手,又是在这样像冻住了的冷巷里,我不会以为是意外。但看到身边的这高大汉子(凌吉士)做镖手,大约总可靠,所以当毓芳问我时,我只答应"不怕,不怕"。

云霖也同我们出来,他回他的新房子去,他向南,我们向北,所以只走了三四步,便听不清那橡皮的鞋底在泥板上发出的声音。

他伸来一只手,拢住了我的腰:

"莎菲,你一定怕哟!"

我想挣,但挣不掉。

我的头停在他的胁前,我想,如若在亮处,看起来,我会像个什么东西,被挟在比我高一个头还多的人的腕中。

我把身一蹲,便窜出来了,他也松了手陪我站在大门边打门。

小胡同里黑极了,但他的眼睛望到何处,我却能很清楚的看见。心微微有点跳,等着开门。

"莎菲,你怕哟!"

门闩已在响,是伙计在问谁。我朝他说:

"再——"

他猛的却握住我的手,我也无力再说下去。

伙计看到我身后的大人,露着诧异。

到单独只剩两人在一房时,我的大胆,已经是变得毫无用处了。想故意说几句客套话,也不会,只说:"请坐吧!"自己便去洗脸。

鬼怪的事,已不知忘掉到什么地方去了。

"莎菲!你还高兴读英文吗?"他忽然问。

这是他来找我,提头到英文,自然他未必欢喜白白牺牲时间去替人补课,这意思,在一个二十岁的女人面前,怎能瞒过,我笑了(这是只在心里笑)。我说:

"蠢得很,怕读不好,丢人。"

他不说话,把我桌上摆的照片拿来玩弄着,这照片是我姊姊的一个刚满一岁的女儿的。

我洗完脸,坐在桌子那头。

他望望我,便又去望那小女孩,然后又望我。是的,这小女孩长的真像我。于是我问他:

"好玩吗？你说像我不像？"

"她，谁呀！"显然，这声音就表示着非常之认真。

"你说可爱不可爱？"

他只追问着是谁。

忽的，我明白了他意思，我又想扯谎了。

"我的。"于是我把像片抢过来吻着。

他信了。我竟愚弄了他，我得意我的不诚实。

这得意，似乎便能减少他的妩媚，他的英爽。要是不，为什么当他显出那天真的诧愕时，我会忽略了他那眼睛，我会忘掉了他那嘴唇？否则，这得意一定将冷淡下我的热情来。

然而当他走后，我却懊悔了。那不是明明安放着许多机会吗？我只要在他按住我手的当儿，另做出一种眼色，让他懂得他是不会遭拒绝，那他一定可以还做出一些比较大胆的事。这种两性间的大胆，我想只要不厌烦那人，是也会像把肉体来融化了的感到快乐，是无疑。但我为什么要给人一些严厉，一些端庄呢？唉，我搬到这破房子里来，到底为的是什么呢？

一月十五

近来我是不算寂寞了，白天便在隔壁玩，晚上又有一个新鲜的朋友陪我谈话。但我的病却越深了。这真不能不令我灰心，我要什么呢，什么也于我无益。难道我有所眷恋吗？一切又是多么的可笑，但死却不期然的会让我一想到便伤心。每次看见那克利大夫的脸色，我便想：是的，我懂得，你尽管说吧，是不是我已没希望了？但我却拿笑代替了我的哭。谁能知道我在夜深流出的眼泪的分量!

几夜,凌吉士都接着接着来,他告人说是在替我补英文,云霖问我,我只好不答应。晚上我拿一本《Poor People》放在他面前,他真个便教起我来。我只好又把书丢开,我说:"以后你不要再向人说在替我补英文吧,我病,谁也不会相信这事的。"他赶忙便说:"莎菲,我不可以等你病好些就教你吗?莎菲,只要你喜欢。"

这新朋友似乎是来得如此够人爱,但我却不知怎的,反而懒于注意到这些事。我每夜看到他丝毫得不着高兴的出去,心里总觉得有点歉厌,我只好在他穿大氅的当儿向他说:"原谅我吧,我是有病!"他会错了我的意思,以为我同他客气。"病有什么要紧呢,我是不怕传染的。"后来我仔细一想,也许这话是另含得有别的意思,我真不敢断定人的所作所为是像可以想象出来的那样单纯。

一月十六

今天接到蕴姊从上海来的信,更把我引到百无可望的境地。我哪里还能找得几句话去安慰她呢?她信里说:"我的生命,我的爱,都于我无益了……"那她是更不必需要我的安慰,我为她而流的眼泪了。唉!但从她信中,我可以揣想得出她婚后的生活,虽说她未肯明明的表白出来。神为什么要去捉弄这些在爱中的人儿?蕴姊是最神经质,最热情的人,自然她是更受不住那渐渐的冷淡,那已遮饰不住的虚情……我想要蕴姊来北京,不过这是做得到的吗?这还是疑问。

苇弟来的时候，我把蕴姊的信给他看：他真难过，因为那使我蕴姊感到生之无趣的人，不幸便是苇弟的哥哥。于是我又向他说了我许多新得的"人生哲学"的意义；他又尽他唯一的本能在哭。我只是很冷静的去看他怎样使眼睛变红，怎样拿手去擦干，并且我在他那些举动中，加上许多残酷的解释。我未曾想到在人世中，他是一个例外的老实人，不久，我一个人悄悄的跑出去了。

为要躲避一切的熟人，深夜我才独自从冷寂寂的公园里转来，我不知怎样的度过那些时间，我只想："多无意义啊！倒不如早死了干净……"

一月十七

我想：也许我是发狂了！假使是真发狂，我倒愿意。我想，能够得到那地步，我总可以不会再感到这人生的麻烦了吧……

足足有半年为病而禁绝了的酒，今天又开始痛饮了。明明看到那吐出来的是比酒还红的血。但我心却像有什么别的东西主宰一样，似乎这酒便可在今晚致死我一样，我是不愿再去细想那些纠纠葛葛的事……

一月十八

现在我还睡在这床上，但不久就将与这屋分别了，也许是永别，我断得定我还有那样能再亲我这枕头，这棉被……的幸福吗？毓芳，云霖，苇弟，金夏都保守着一种沉默围绕着我坐着，焦急的等着天明了好送我进医院去。我是在他们忧愁的低语中醒来的，我不愿说话，我细想昨天上午的事，我闻到屋子中所遗留下来的酒气和腥气，才觉得心是正在剧烈的痛，于是眼泪便汹涌了。因了他们的沉默，因了他们脸上所显现出来的凄惨和暗淡，我似乎感到这便是我死的预兆。假设我便如此长睡不醒了呢，是不是他们也将是如此的沉默的围绕着我僵硬的尸体？他们看见我醒了，便都走拢来问我。这时我真感到了那可怕的死别！我握着他们，仔细望着他们每个的脸，似乎要将这记忆永远保存着。他们便都把眼泪滴到我手上，好像觉得我就要长远的离开他们而走向死之国一样。尤其是苇弟，哭得现出丑的脸。唉，我想：朋友呵，请给我一点快乐吧……于是我反而笑了。我请他们替我清理一下东西，他们便在床铺底下拖出那口大藤箱来，在箱子里有几捆花手绢的小包，我说："这我要的，随着我进协和吧。"他们便递给我，我又给他们看，原来都满满是信札，我又向他们笑："这，你们的也在内！"他们才似乎也快乐些了。苇弟又忙着从抽屉里递给我一本照片，是要我也带去的样子，我更笑了。这里面有七八张是苇弟的单像，我又特容许了苇弟接吻在我手上，并握着我的手在他脸上摩擦，于是这屋子才不至于像真的有个僵尸停着的一样，天光这时也慢慢显出了鱼肚白。他们又忙乱了，慌着在各处找洋车。于是我病院的生活便开始了。

三月四号

　　接蕴姊死电是二十天以前的事,而我的病却又一天有希望一天了。所以在一号又由送我进院的几人把我送转公寓来,房子已打扫得干干净净。又因为怕我冷,特生了一个小小的洋炉,我真不知应怎样才能表示我的感谢,尤其是苇弟和毓芳。金和周又在我这儿住了两夜才走,都充当我的看护,我是每日都躺着,简直舒服得不像住公寓,同在家里也差不了什么了!毓芳还决定再陪我住几天,等天气暖和点便替我上西山去找房子,我便好专去养病,我也真想能离开北京,可恨阳历三月了,还如是之冷!毓芳硬要住在这儿,我也不好十分拒绝,所以前两天为金和周搭的一个小铺又不能撤了。

　　近来在病院却把我自己的心又医转了,这实实在在却是这些朋友们的温情把它又重暖了起来,又觉得这宇宙还充满着爱呢。尤其是凌吉士,当他走到医院去看我时,我便觉得很骄傲,我想他那种丰仪才够去看一个在病院女友的病,并且我也懂得,那些看护妇都在羡慕着我呢。有一天,那个很漂亮的密司杨问我:

　　"那高个儿,是你的什么人呢?"

　　"朋友!"我是忽略了她问的无礼。

　　"同乡吗?"

　　"不,他是南洋的华侨。"

　　"那末是同学?"

　　"也不是。"

　　于是她狡猾的笑了:"就仅是朋友吗?"

自然，我可以不必脸红，并且还可以警诫她几句，但我却惭愧了。她看到我闭着眼装要睡的狼狈样儿，便很得意的笑着走去。后来我一直都恼着她。并且为了躲避麻烦，有人问起苇弟时，我便扯谎说是我的哥哥。有一个同周很好的小伙子，我便说是同乡，或是亲戚的乱扯。

当毓芳上课去后，我一个人留在房里时，我就去翻在一月多中所收到的信，我又很快活，很满足，还有许多人在纪念我呢。我是需要别人纪念的，总觉得能多得点好意就好。父亲是更不必说，又寄了一张像来，只有白头发似乎又多了几根。姊姊们都好，可惜就为小孩们忙得很，不能多替我写信。

信还没有看完，凌吉士又来了。我想站起来，但他却把我按住。他握着我的手时，我快活得真想哭了。我说：

"你想没想到我又会回转这屋子呢？"

他只瞅着那侧面的小铺，表示一种不高兴的样子，于是我告诉他从前的那两位客已走了，这是特为毓芳预备的。

他听了便向我说他今晚不愿再来，怕毓芳会厌烦他。于是我的心里更充满乐意了，便说：

"难道你就不怕我厌烦吗？"

他坐在床头更长篇的述说他这一多月中的生活，还怎样和云霖冲突，闹意见，因为他赞成我早些出院，而云霖执着说不能出来。毓芳也附着云霖，他懂得他认识我的时间太少，说话自然不会起影响，所以以后他都不管这事了，并且在院中一和云霖碰见，自己便先回来了。

我懂得他的意思，但我却装着说：

"你还说云霖，不是云霖我还不会出院呢，住在里面真舒服多了。"

于是我又看见他默默的把头掉到一边去,不答应我的话。

他算着毓芳快来时,便走了,还悄悄告诉我说等明天再来。果然,不久毓芳便回来了。毓芳不会问,我也不告她,并且她为我的病,不愿同我多说话,怕我费神,我更乐得藉此可以多去想些另外的小闲事。

三月六号

当毓芳上课去后,把我一人撂在房里时,我便会想起这所谓男女间的怪事;其实,在这上面,不是我爱自夸,我所受的训练,至少也有我几个朋友们的相加或相乘,但近来我却非常之不能了解了。当独自同着那高个儿时,我的心便会跳起来,又是羞惭,又是害怕,而他呢,他只是那样随便的坐着,类乎天真的讲他过去的历史,有时是握着我的手;但这也不过是非常之自然,然而我的手便不会很安静的被握在那大手中,慢慢的会发烧。并且一当他站起身预备走时,不由的我心便慌张了,好像我将跌入那可怕的不安中,于是我钉着他看,真说不清那眼光是求怜,还是怨恨;但他却忽略了我这眼光,偶尔懂得了,也只说:"毓芳要来了哟!"我应当怎样说呢?他是在怕毓芳!自然,我也会不愿有人知道我暗地一人所想的一些不近情理的事,不过近来我又感到我有别人了解我感情的必要;几次我向毓芳含糊的说起我的心境,她还是只那样忠实的替我盖被子,留心我的药,我真不能不有点烦闷了。

三月八号

毓芳已搬回去,苇弟却又想代替那看护的差事。我知道,如若苇弟来,一定比毓芳还好,夜晚若想茶吃时,总不至于因听到那浓睡中的鼾声而不愿搅扰人而把头缩进被窝点算了;但我自然拒绝他这好意,他又固执着,我只好说:"你在这里,我有许多不方便,并且病呢,也好了。"他还要证明间壁的屋子是空着,他可以住间壁,我正在无法时,凌吉士却来了,我以为他们还不认识,而凌吉士已握着苇弟的手,说是在医院已见过两次。苇弟只冷冷的不理他,我笑着向凌吉士说:"这是我的弟弟,小孩子,不懂交际,你常来同他玩吧。"苇弟真的变成了小孩子,丧着脸站起身就走了。我因为有人在面前,便感得不快,也只好掩藏住,并且觉得有点对凌吉士不住,但他却毫没介意,反问我:"不是他姓白吗,怎会变成你的弟弟?"于是我笑了:"那末你是只准姓凌的人叫你做哥哥弟弟的!"于是他也笑了。

近来青年人在一处时,便老喜欢研究到这一个"爱"字,虽说有时我也似乎懂得点,不过终究还是不很说得清。至于男女间的一些小动作,似乎我又太看得明白了。也许便是因为我懂得了这些小动作,而于"爱"才反迷糊,才没有勇气鼓吹恋爱,才不敢相信自己还是一个纯粹的够人爱的小女子,并且才会怀疑到世人所谓的"爱",以及我所接受的"爱"……

在我刚稍微有点懂事的时候,便给爱我的人把我苦够了,给许多无事的人以诬蔑我,凌辱我的机会,以致我顶亲密的小伴侣们也疏远了。后来又为了爱的胁迫,使我害怕得离开了我的学校。以后，人虽说一天天大了，但总常常感到那些无味的纠缠，因此有时不特怀疑到所谓"爱"，竟会不屑于这种亲密。苇弟他说他爱我，为什么他只会常常给我一些难过呢？譬如今晚，他又来了，来了便哭，并且似乎带了很浓的兴味来哭一样，无论我说："你怎么了，说呀！""我求你，说话呀，苇弟！……"他都不理会。这是从未有的事，我尽我的脑力也猜想不出他所骤遭的这灾祸。我应当把不幸朝哪一方去揣测呢？后来，大约他是哭够了，于是才大声说："我不喜欢他！""这又是谁欺侮了你呢，这样大嚷大闹？""我不喜欢那高个子！那同你好的！"哦，我这才知道原来还是怄我的气。我不觉得会笑了。这种无味的嫉妒，这种自私的占有，便是所谓爱吗？我发笑，而这笑，自然不会安慰到那有野心的男人的。并且因了我不屑的态度，更激起他那不可抑制的怒气。我看着他那放亮的眼光，我以为他要噬人了，我想："来吧！"但他却又低下头去哭了，还揩着眼泪，跟跄的又走出去。

这种表示，也许是称为狂热的，真率的爱的表现吧，但苇弟却毫不加思索的来使用在我面前，自然是只会失败；并不是我愿意别人虚伪点，做作点在爱上，我只觉得想靠这种小孩般举动来打动我的心，是全无用。或者这因为我的心是生来便如此硬；那我之种种不惬于人意而得来烦恼和伤心，也是应该的。

苇弟一走，自自然然我把我自己的心意去揣摩，去仔细回忆到那一种温柔的，大方的，坦白而又多情的态度上去，光这态度已够人欣赏得像吃醉一般的感到那融融的蜜意，于是我拿了一张画片,写了几个字,命伙计即刻送到第四寄宿舍去。

三月九号

我看见安安闲闲坐在我房里的凌吉士,不禁又可怜到苇弟,我祝祷世人不要像我一样,忽略了蔑视了那可贵的真诚而把自己陷到那不可拔的渺茫的悲境里;我更愿有那末一个真诚纯洁的女郎去饱领苇弟的爱,并填实苇弟所感得的空虚啊!

三月十三

好几天又不提笔,不知还是因为我心情不好,或是找不出所谓的情绪。我只知道,从昨天来我是更只想哭了。别人看到我哭,便以为我在想家,想到病,看见我笑呢,又以为我快乐了,还欣庆着这健康的光芒……但所谓朋友皆如是,我能告谁以我的不屑流泪,而又无力笑出的痴呆心境?并且因我看清了自己在人间的种种不愿舍弃的热望以及每次追求而得来的懊丧,所以连自己也不愿再同情这未能悟彻所引起的伤心。更哪能捉住一管笔去详细写出自怨和自恨呢!

是的,我好像又在发牢骚了。但这只是隐忍着在心头而反复向自己说,似乎还无碍。因为我并未曾有过那种胆量,给人看我的蹙紧眉头,和听我的叹气,虽说人们早已无条件的赠送过我以"狷傲""怪僻"等等好字眼。其实,我并不是要发牢骚,我只想哭,想有那末一个人来让我倒在他怀里哭,并告诉他:"我又糟蹋我自己了!"不过谁能了解我,抱我,抚慰我呢？是以我只能在笑声中咽住"我又糟蹋我自己了"的哭声。

我到底又为了什么呢，这真好难说！自然我是未曾有过一刻私自承认我是爱恋上那高个儿了的，但他之在我的心心念念中怎地又蕴蓄着一种分析不清的意义。虽说他那颀长的身躯，嫩玫瑰般的脸庞，柔软的嘴唇，惹人的眼角，是可以诱惑许多爱美的女子，并以他那娇贵的态度倾倒那些还有情爱的。但我岂肯为了这些无意识的引诱而迷恋到一个十足的南洋人！真的，在他最近的谈话中，我懂得了他的可怜的思想；他需要的是什么？是金钱，是在客厅中能应酬他买卖中朋友们的年轻太太，是几个穿得很标致的白胖儿子。他的爱情是什么？是拿金钱在妓院中，去挥霍而得来的一时肉感的享受，和坐在软软的沙发上，拥着香喷喷的肉体，嘴抽着烟卷，同朋友们任意谈笑，还把左腿叠压在右膝上；不高兴时，便拉倒，回到家里老婆那里去。热心于演讲辩论会，网球比赛，留学哈佛，做外交官，公使大臣，或继承父亲的职业，做橡树生意，成资本家……这便是他的志趣！他除了不满于他父亲未曾给他过多的钱以外，便什么都是可使他在一夜不会做梦的睡觉；如有，便也只是嫌北京好看的女人太少，让他有时也会厌腻起游戏园，戏场，电影院，公园来……唉，我能说什么呢？当我明白了那使我爱慕的一个高贵的美型里，是安置着如此的一个卑劣灵魂，并且无缘无故还接受过他的许多亲密。这亲密，自然是还值不了在他从妓院中挥霍里剩余下的一半多！想起那落在我发际的吻来，真又使我悔恨到想哭了！我岂不是把我献给他任他来玩弄我来比拟到卖笑的姊妹中去！然而这又都只能把责备来加上我自己使我更难受的，因为假设只要我自己肯，肯把严厉的拒绝放到我眸子中去,我敢相信,他不会那样大胆,并且我也敢相信,他之所以不会那样大胆,是由于他还未曾有过那恋爱的火焰燃炽……唉!我应该怎样来诅咒我自己了!

三月十四

这是爱吗,也许要爱才具有如此的魔力,不是,为什么一个人的思想会变幻得如此不可测!当我睡去的时候,我看不起美人,但刚从梦里醒来,一揉开睡眼,便又思念那市侩了。我想:他今天会来吗?什么时候呢,早晨,过午,晚上?于是我跳下床来,急忙忙的洗脸,铺床,还把昨夜丢在地下的一本大书捡起,不住的在边缘处摩挲着,这是凌吉士昨夜遗忘在这儿的一本《威尔逊演讲录》。

三月十四晚上

我是有如此一个美的梦想,这梦想是凌吉士所给我的。然而同时又为他而破灭。所以我因了他才能满饮着青春的醇酒,在爱情的微笑中度过了清晨;但因了他,我认识了"人生"这玩艺,而灰心而又想到死;至于痛恨到自己甘于堕落,所招来的,简直只是最轻的刑罚!真的,有时我为愿保存我所爱的,我竟想到"我有没有力去杀死一个人呢?"

我想遍了,我觉得为了保存我的美梦,为了免除使我生活的力一天天减少,顶好是即刻上西山好,但毓芳告诉我,说她所托找房子的那位住在西山的朋友还没有回信来,我又怎好再去询问或催促呢？不过我决心了，我决心让那高小子来尝一尝我的不柔顺，不近情理的倨傲和侮弄。

三月十七

那天晚上苇弟赌着气回去，今天又小小心心的自己来和解，我不觉笑了。并感到他的可爱。如若一个女人只要能找得一个忠实的男伴，做一身的归宿，我想谁也没有我苇弟可靠。我笑问："苇弟，还恨姊姊不呢？"于是他羞惭的说："不敢。姊姊，你了解我吧！我是除了希冀你不会摈弃我以外不敢有别的念头的。一切只要你好，你快乐就够了！"这还不真挚吗？这还不动人吗？比起那白脸庞红嘴唇的如何？但是后来我说："苇弟，你好，你将来一定是一切都会很满你意的。"他却露出凄然的一笑。"永世也不会——但愿如你所说……"这又是什么呢？又是给我难受一下！我恨不得跪在他面前求他只赐我以弟弟或朋友的爱吧！单单为了我的自私，我愿我少些纠葛，多快乐点。苇弟爱我，并会说那样好听的话，但他忽略了：第一他应当真的减少他的热望，第二他也应该藏起他的爱来。我为了这一个老实的男人，所感到无能的抱歉，真也够受了。

三月十八

我又托夏在替我往西山找房了。

三月十九

凌吉士居然已几日不来我这里了。自然,我不会打扮,不会应酬,不会治理家事,我有肺病,无钱,他来我这里做什么!我本无须乎要他来,但他真的不来了却又更令我伤心,更证实他以前的轻薄。难道他也是如苇弟一样老实,当他看到我写给他的字条:"我有病,请不要再来扰我。"就信为是真话,竟不可违背,而果真不来吗?这又使我只想再见他一面,到底审看一下这高大的怪物是怎样的在觑看我。

三月二十

今天我在云霖处跑了三次,都未曾遇见我想见的人,似乎云霖也有点疑惑,所以他问我这几天见着凌吉士没有。我只好又怅怅的跑回来。我实在焦烦得很,我敢自己欺自己说我这几日没有思念到他吗?

晚上七点钟的时候,毓芳和云霖来邀我到京都大学第三院去听英语辩论会,并且乙组的组长便是凌吉士。我一听到这消息,心就立刻怦怦的跳起来。我只得拿病来推辞了这善意的邀请。我这无用的弱者。我没有胆量去承受那激动,我还是希望我能不见着他。不过在他俩走时,我却又请他俩致意到凌吉士,说我问候他。唉,这又是多无意识啊!

莎菲女士的日记

三月二十一

在我刚吃过鸡子牛奶,一种熟习的叩门声便响着,在纸格上还印上一个颀长的黑影。我只想跳过去开门,但不知为一种什么情感所支使,我咽着气,低下头去了。

"莎菲,起来没有?"这声音是如此柔嫩,令我一听到会想哭。

为了知道我已坐在椅子上吗?为了知道我无能发气和拒绝吗?他轻轻的托开门便走进来了。我不敢仰起我滋润的眼皮来。

"病好些没有,刚起来吗?"

我答不出一句话。

"你真在生我的气啊。莎菲,你厌烦我,我只好走了。莎菲!"

他走,于我自然很合适,但我又猛然抬起头拿眼光止住了他开门的手。

谁说他不是一个坏蛋呢,他懂得了。他敢于把我的双手握得紧紧的。他说:

"莎菲,你捉弄我了。每天我走你门前过,都不敢进来,不是云霖告诉我说你不会生我气,那我今天还不敢来。你,莎菲,你厌烦我不呢?"

谁都可以体会得出来,假使他这时敢于拥抱住我,狂乱的吻我,我一定会倒在他手腕上哭了出来:"我爱你呵!我爱你呵!"但他却如此的冷淡,冷淡得使我又恨他了。然而我心里又在想:"来呀,抱我,我要接吻在你脸上咧!"自然,他依旧还握着我的手,把眼光紧钉在我脸上,然而我搜遍了,在他的各种表示中,我得不着我所等待于他的赐与。为什么他仅仅只懂得我的无用,我的可轻侮,而不够了解他之在我心中所占的是一种怎样的地位!我恨不得用脚尖踢出他去,不过我又为了另一种情绪所支配,我向他摇了头,表示是不厌烦他的来到。

于是我又很柔顺的接受了他许多浅薄的情意,听他又说着那些使他津津有回味的卑劣享乐,以及"赚钱和化钱"的人生意义,并承他暗示我许多做女人的本分。这些又使我看不起他,暗骂他,嘲笑他,我拿我的拳头,隐隐痛击我的心,但当他扬扬的走出我房时,我受逼得又想哭了。因为我压制住我那狂热的欲念,我未曾请求他多留一会儿。

唉,他走了!

三月二十一夜

在去年这时候,我过的是一种什么生活!为了有蕴姊千依百顺的疼我,我便装病躺在床上不肯起来。为了想受蕴姊抚摩我,便因那着急无以安慰我而流泪的滋味,我伏在桌上想到一些小不满意的事而哼哼唧唧的哭。便有时因在整日静寂的沉思里得了点哀戚,但这种淡淡的凄凉,却更令我舍不得去扰乱这情调,似乎在这里面我也可以味出一缕甜意一样的。至于在夜深了的法国公园,听躺在草地上的蕴姊唱《牡丹亭》,那又是更不愿想到的事了。假使她不会被神捉弄般的去爱上那苍白脸色的男人,她一定不会死去的这样快,我当然不会一人漂流到北京，无亲无爱的在病中挣扎，虽说有几个朋友，他们也很体惜我，但在我所感应得出的我和他们的关系能和蕴姊的爱在一个天平上相称吗？想起蕴姊，我是真应当像从前在蕴姊面前撒娇一样的纵声大哭，不过这一年来，因为多懂得了一些事，虽说时时想哭却又咽住了，怕让人知道了厌烦。近来呢，我更是不知为了什么只能焦急。而想得点空闲去思虑一下我所做的，我所想的，关于我的身体，我的名誉，我的前途的好处和歹处的时间也没有，整天把紊乱的脑筋只放到一个我不愿想到的去处，因为便是我想逃避的，所以越把我弄成焦烦苦恼得不堪言说！但是我除了说"死了也活该！"是不能再希冀什么了。我能求得一些同情和慰藉吗？然而我又似乎在向人乞怜了。

晚饭一吃过，毓芳便和云霖来我这儿坐，到九点我还不肯放他俩走。我知道，毓芳碍住面子只好又坐下来，云霖藉口要预备明天的课，执意一人走回去了。于是我隐隐的向毓芳吐露我近来所感得的窘状，我只想她能懂得这事，并且能硬自作主来把我的生活改变一下，做我自己所不能胜任的。但她完全把话听到反面去了，她忠实的告诫我："莎菲，我觉得你太不老实，自然你不是有意，你可太不留心你的眼波了。你要知道，凌吉士他们比不得在上海同我们玩耍的那群孩子，他们很少机会同女人接近，受不起一点好意的，你不要令他将来感到失望和痛苦。我知道，你哪里会爱到他呢？"这错误是不是又该归到我，假设我不想求助于她而向她饶舌，是不是她不会说出这更令我生气，更令我伤心的话来？我噎着气又笑了："芳姊，不要把我说得太坏了吓！"

毓芳愿意留下住一夜时，我又赶着她走了。

像那些才女们，因为得了一点点不很受用，便能"我是多愁善感呀""悲哀呀我的心……""……"做出许多新旧的诗。我呢，没出息的，白白被这些诗境困着，连想以哭代替诗句来表现一下我的情感的搏斗都不能。光在这上面，为了不如人，也应撂开一切去努力做人才对，便还退一千步说，为了自己的热闹，为了得一群浅薄眼光之赞颂，我总也不该拿不起笔或枪来。真的便把自己陷到比死还难忍的苦境里，单单为了那男人的柔发，红唇……

我又梦想到欧洲中古的骑士风度，这拿来比拟是不会有错，如其是有人看到凌吉士过的。他又能把那东方特长的温柔保留着。神把什么好的，都慨然赐给他了，但神为什么不再给他一点聪明呢？他还不懂得真的爱情呢，他确是不懂得，虽说他已有了妻（今夜毓芳告我的），虽说他，曾在新加坡乘着脚踏车追赶坐洋车的女人，因而恋爱过一小段时间，虽说他曾在韩家潭伴过夜。但他真得到一个女人的爱过吗？他爱过一个女人吗？我敢说不曾！

一种奇怪的思想又在我脑中燃烧了。我决定来教教这大学生。这宇宙并不是像他所懂的那样简单的啊！

三月二十二

在心的忙乱中，我勉强竟写了这些日记了。早先是因为蕴姊写信来要，再三再四的，我只好开始来写。现在是蕴姊又死了好久，我还舍不得不继续下去，心想便为了蕴姊在世时所谆谆向我说的一些话而便永远写下去做纪念蕴姊也好。所以无论我那样不愿提笔,也只得胡乱画下一页半页的字来。本来是睡了的,但望到挂在壁上蕴姊的像,忍不住又爬起,为免掉想念蕴姊的难受而提笔了。自然,这日记,我总是觉得除了蕴姊我不愿给任何人看。第一是因为这是特为了蕴姊要知道我的生活而记下的一些琐琐碎碎的事,二来我也怕别人给一些理智的面孔给我看,好更刺透我的心;似乎我自己也会因了别人所尊崇的道德而真的也感到像犯下罪一样的难受。所以这黑皮的小本子我是许久以来都安放在枕头底下的垫被的下层。今天不幸我却违背我的初意了,然而也是不得已,虽说似乎是出于毫未思考。原因是苇弟近来非常误解我,以致常常使得他自己不安,而又常常波及我,我相信在我平日的一举一动中,我都很能表示出我的态度来。为什么他懂不了我的意思呢?难道我能直捷的说明,和阻止他的爱吗?我常常想,假设这不是苇弟而是另外一人,我将会知道应怎样处置是最合法的。偏偏又是如此能令我忍不下心去的一个好人!我无法了,我只好把我的日记给他看。让他知道他之在我的心里是怎样的无希望,并知道我是如何凉薄的反反复复的不足爱的女人。假使苇弟知道我,我自然是会将他当做我唯一可诉心肺的朋友,我会热诚的拥着他同他接吻。我将替他愿望那世界上最可爱,最美的女人……日记,苇弟是看过一遍,又一遍了,虽说他曾经哭过,但态度非常镇静,是出我意料之外的。我说:

"懂得了姊姊吗?"

他点头。

"相信姊姊吗?"

"关于那方面的?"

于是我懂得那点头的意义。谁能懂得我呢，便能懂得了这只能表现我万分之一的日记，也只能令我看到这有限的而伤心哟！何况，希求人了解，而以想方设计用文字来反复说明的日记给人看，已够是多么可伤心的事！并且，后来苇弟还怕我以为他未曾懂得我，于是不住的说：

"你爱他！你爱他！我不配你！"

我真想一赌气扯了这日记。我能说我没有糟蹋这日记吗？我只好向苇弟说："我要睡了，明天再来吧。"

在人里面，真不必求什么！这不是顶可怕的吗？假设蕴姊在，看见我这日记，我知道，她是会抱着我哭："莎菲，我的莎菲！我为什么不再变得伟大点，让我的莎菲不至于这样苦啊……"但蕴姊已死了，我拿着这日记应怎样的来痛哭才对！

三月二十三

凌吉士向我说："莎菲！你真是一个奇怪的女子。"我了解这并不是懂得了我的什么而说出的一句赞叹。他所以为奇怪的，无非是看见我的破烂了的手套，搜不出香水的抽屉，无缘无故扯碎了的新棉袍，保存着一些旧的小玩具，……还有什么？听见些不常的笑声，至于别的，他便无能去体会了，我也从未向他说过一句我自己的话。譬如他说"我以后要努力赚钱呀"，我便笑；他说到邀起几个朋友在公园追着女学生时，"莎菲那真有趣"，我也笑。自然，他所说的奇怪，只是一种在他生活习惯上不常见的奇怪。并且我也很伤心，我无能使他了解我而敬重我。我是什么也不希求了，除了往西山去。我想到我过去的一切妄想,我好笑!

三月二十四

一当他单独在我面前时,我觑着那脸庞,聆着那音乐般的声音,我心便在忍受那感情的鞭打!为什么不扑过去吻住他的嘴唇,他的眉梢,他的……无论什么地方?真的,有时话都到口边了:"我的王!准许我亲一下吧!"但又受理智,不,我就从没有过理智,是受另一种自尊的情感所裁制而又咽住了。唉!无论他的思想是怎样坏,而他使我如此癫狂的动情,是曾有过而无疑,那我为什么不承认我是爱上了他啊?并且,我敢断定,假使他能把我紧紧的拥抱着,让我吻遍他全身,然后他把我丢下海去,丢下火去,我都会快乐的闭着眼等待那可以永久保藏我那爱情的死的来到。唉!我竟爱他了,我要他给我一个好好的死就够了……

三月二十四夜深

我决心了。我为拯救我自己被一种色的诱惑而堕落,我明早便会到夏那儿去,以免看见了凌吉士又痛苦,这痛苦已缠缚我如是之久了!

三月二十六

为了一种纠缠而去,但又遭逢着另一种纠缠,使我不得不又急速的转来了。在我去夏那儿的第二天,梦如便去了。虽说她是看另一人去的,但使我很感到不快活。夜晚,她大发其对感情的一种新近所获得的议论,隐隐的含着讥刺向我,我默然。为不愿让她更得意,我睁着眼,睡在夏的床上等到了天明,我才又忍着气转来……

毓芳告诉我,说西山房子已找好了,并且又另外替我邀了一个女伴,也是养病的,而这女伴同毓芳又算是一个很好的朋友。听到这消息,应该是很欢喜吧,但我刚刚在眉头舒展了一点喜色,而一种默然的凄凉便罩上了。虽说我从小便离开家,在外面混,但都有我的亲戚朋友随着我,这次上西山,固然说起来离城只是几十里,但在我,一个活了二十岁的人,开始一人跑到蓦生的地方去,还是第一次。假使我竟无声无息的死在那山上,谁是第一个发现我死尸的?我能担保我不会死在那里吗?也许别人会笑我担忧到这些小事,而我却真的哭过,当我问毓芳舍不舍得我时,而毓芳却笑,笑我问小孩话,说是这一点点路有什么舍不得,直到毓芳准许了我每礼拜上山一次,我才不好意思的揩干眼泪。

下午我到苇弟那儿去了,苇弟也说他一礼拜上山一次,填毓芳不去的空日。

回来已夜了,我一人寂寂寞寞的在收拾东西,想到我要离开北京的这些朋友们,我又哭了。但一想到朋友们都未曾向我流泪,我又擦去我脸上的泪痕。我又将一人寂寂寞寞的离开这古城了。

在寂寞里,我又想到凌吉士了,其实,话不是这样说,凌吉士简直不能说"想起""又想起",完全是整天都在系念到他，只能说："又来讲我的凌吉士吧。"这几天我故意造成的离别，在我是不可计的损失，我本想放松了他，而我把他捏得更紧了。我既不能把他从心里压根儿拔去，我为什么要躲避着不见他的面呢？这真使我懊恼，我不能便如此同他离别，这样寂寂寞寞的走上西山……

三月二十七

一早毓芳便上西山去了，去替我布置房子，说好明天我便去。我为她这番盛情，我应怎样去找得那些没有的字来表示我的感谢？我本想再呆一天在城里，便也不好说出了。

我正焦急的时候，凌吉士才来，我握紧他双手，他说：

"莎菲！几天没见你了！"

我很愿意在这时我能哭得出来，抱着他哭，但眼泪只能噙在眼里，我只好又笑了。他听见明天我要上山时，他显出的那惊诧和一种嗟叹，又很安慰到我，于是我真的笑了。他见到我笑，便把我的手反捏得紧紧的，紧得使我生痛。他怨恨似的说：

"你笑！你笑！"

这痛，是我从未有过的舒适，好像心里也正锥下去一个什么东西，我很想倒下他的手腕去，而这时苇弟却来了。

苇弟知道我恨他来，而他偏不走。我向着凌吉士使眼色，我说："这点钟有课吧？"于是我送凌吉士出来。他问我明早什么时候走，我告他；我问他还来不来呢，他说回头便来；于是我望着他快乐了，我忘了他是怎样可鄙的人格，和美的相貌了,这时他在我的眼里,是一个传奇中的情人。哈,莎菲有一个情人了!……

三月二十七晚

自从我赶走苇弟到这时已是整整五个钟头了。在这五点钟里,我应怎样才想得出一个恰合的名字来称呼它?像热锅上的蚂蚁在这小房子里不安的坐下,又站起,又跑到门缝边瞧,但是——他一定不来了,他一定不来了,于是我又想哭,哭我走得这样凄凉,北京城就没有一个人陪我一哭吗?是的,我是应该离开这冷酷的北京的,为什么我要舍不得这板床,这油腻的书桌,这三条腿的椅子……是的,明早我就要走了,北京的朋友们不会再腻烦莎菲的病。为了朋友们轻快的舒适,莎菲便为朋友们死在西山也是该的!但都能如此的让莎菲一人看不着一点热情孤孤寂寂的上山去,想来莎菲便不死,也不会有损害或激动于人心吧……不想了!不想!有什么可想的?假使莎菲不如此贪心在攫取感情,那莎菲不是便很可满足于那些眉目间的同情了吗?……

关于朋友,我不说了。我知道永世也不会使莎菲感到满足这人间的友谊的!

但我能满足些什么呢?凌吉士答应我来,而这时已晚上九点了。纵是他来了,我便会很快乐吗?他会给我所需要的吗?……

想起他不来,我又该痛恨自己了!在很早的从前,我懂得对付那一种男人便应用那一种态度,而到现在反蠢了。当我问他还来不来时,我怎能显露出那希求的眼光,在一个漂亮人面前是不应老实,让人瞧不起……但我爱他,为什么我要使用技巧?我不能直接向他表明我的爱吗?并且我觉得只要于人无损,便吻人一百下,为什么便不可以被准许呢?

他既答应来,而又失信,显见得是在戏弄我。朋友,留点好意在莎菲走时,总不至于像是一种损失吧。

今夜我简直狂了。语言,文字是怎样在这时显得无用!我心像被许多小老鼠啃着一样,又像一盆火在心里燃烧。我想把什么东西都摔破,又想冒着夜气在外面乱跑去,我无法制止我狂热的感情的激荡,我便躺在这热情的针毡上,反过去也刺着,翻过来也刺着,似乎我又是在油锅里听到那油沸的响声,感到浑身的灼热……为什么我不跑出去呢?我等着一种渺茫的无意义的希望到来!哈……想到红唇,我又癫了!假使这希望是可能的话——我独自又忍不住笑,我再三再四反复问我自己:"爱他吗?"我更笑了。莎菲不会傻到如此地步去爱上南洋人。难道因了我不承认我的爱,便不可以被人准许做一点儿于人也无损的事?

假使今夜他竟不来,我怎能甘心便恝然上西山去……

唉!九点半了!

九点四十分!

三月二十八晨三时

莎菲生活在世上,所要人们的了解她体会她的心太热太恳切了,所以长远的沉溺在失望的苦恼中,但除了自己,谁能够知道她所流出的眼泪的分量?

在这本日记里,与其说是莎菲生活的一段记录,不如直接算为莎菲眼泪的每一个点滴,是在莎菲心上,才觉得更切实。然而这本日记现在是要收束了,因为莎菲已无需乎此——用眼泪来泄愤和安慰,这原因是对于一切都觉得无意识,流泪更是这无意识的极深的表白。可是在这最后一页的日记上,莎菲应该用快乐的心情来庆祝,她是从最大的那失望中,蓦然得到了满足,这满足似乎要使人快乐得到死才对。但是我,我只从那满足中感到胜利,从这胜利中得到凄凉,而更深的认识我自己的可怜处,可笑处,因此把我这几月来所萦萦于梦想的一点"美"反缥缈了,——这个美便是那高个儿的丰仪!

我应该怎样来解释呢?一个完全癫狂于男人仪表上的女人的心理!自然我不会爱他,这不会爱,很容易说明,就是在他丰仪的里面是躲着一个何等卑丑的灵魂!可是我又倾慕他,思念他,甚至于没有他,我就失掉一切生活意义的保障了;并且我常常想,假使有那末一日,我和他的嘴唇合拢来,密密的,那我的身体就从这心的狂笑中瓦解去,也愿意。其实,单单能获得骑士一般的那人儿的温柔的一抚摩,随便他的手尖触到我身上的任何部分,因此就牺牲一切,我也肯。

我应当发癫,因为这些幻想中的异迹,梦似的,终于毫无困难的都给我得到了。但是从这中间,我所感到的是我所想象的那些会醉我灵魂的幸福吗?不啊!

当他——凌吉士——在晚间十点钟来到时候,开始向我嗫嚅的表白,说他是如何的在想我……还使我心动过好几次;但不久我看到他那被情欲燃烧的眼睛,我就害怕了。于是从他那卑劣的思想中所发出的更丑的誓语，又振起我的自尊心来！假使他把这串浅薄肉麻的情话去对别个女人说，一定是很动听的，可以得一个所谓的爱的心吧。但他却向我，就由这些话语的力，把我推得隔他更远了。唉，可怜的男子！神既然赋与你这样的一副美形，却又暗暗的捉弄你，把那样一个毫不相称的灵魂放到你人生的顶上！你以为我所希望的是"家庭"吗？我所欢喜的是"金钱"吗？我所骄傲的是"地位"吗？"你，在我面前，是显得多么可怜的一个男子啊！"我真要为他不幸而痛哭，然而他依样把眼光镇住我脸上，是被情欲之火燃烧得如何的怕人！倘若他只限于肉感的满足，那末他倒可以用他的色来摧残我的心；但他却哭声的向我说："莎菲，你信我，我是不会负你的！"啊，可怜的人，他还不知道在他面前的这女人，是用如何的轻蔑去可怜他的使用这些做作，这些话！我竟忍不住而笑出声来，说他也知道爱，会爱我，这只是近于开玩笑！那情欲之火的巢穴——那两只灼闪的眼睛，不正在宣布他除了可鄙的浅薄的需要，别的一切都不知道吗？

"喂，聪明一点，走开吧，韩家潭那个地方才是你寻乐的场所！"我既然认清他，我就应该这样说，教这个人类中最劣种的人儿滚出去。然而，虽说我暗暗的在嘲笑他，但当他大胆的贸然伸开手臂来拥我时，我竟又忘记了一切，我临时失掉了我所有的一切自尊和骄傲，我是完全被那仅有的一副好丰仪迷住了，在我心中，我只想："紧些！多抱我一会儿吧，明早我便走了。"假使我那时还有一点自制力，我该会想到他的美形以外的那东西，而把他像一块石头般，丢到房外去。

唉！我能用什么言语或心情来痛悔？他，凌吉士，这样一个可鄙的人,吻了我!我静静默默的承受着!但那时,在一个温润的软热的东西放到我脸上,我心中得到的是些什么呢?我不能像别的女人一样会晕倒在她那爱人的臂膀里!我是张大着眼睛望他,我想:"我胜利了!我胜利了!"因为他所以使我迷恋的那东西,在吻我时,我已知道是如何的滋味——我同时鄙夷我自己了!于是我忽然伤心起来,我把他用力推开,我哭了。

他也许忽略了我的眼泪,以为他的嘴唇是给我如何的温软,如何的嫩腻,是把我的心融醉到发迷的状态里吧,所以他又挨我坐着,继续的说了许多所谓爱情表白的肉麻话。

"何必把你那令人惋惜处暴露得无余呢?"我真这样的又可怜起他来。

我说:"不要乱想吧,说不定明天我便死去了!"

他听着,谁知道他对于这话是得到怎样的感触?他又吻我,但我躲开了,于是那嘴唇便落到我手上……

我决心了,因为这时我有的是充足的清晰的脑力,我要他走,他带点抱怨颜色,缠着我。我想:"为什么你也是这样傻劲呢?"他于是直挨到夜十二点半钟才走。

他走后,我想起适间的事情。我就用所有的力量,来痛击我的心!为什么呢,给一个如此我看不起的男人接吻?既不爱他,还嘲笑他,又让他来拥抱?真的,单凭了一种骑士般的风度,就能使我堕落到如此地步吗?

总之,我是给我自己糟蹋了,凡一个人的仇敌就是自己,我的天,这有什么法子去报复而偿还一切的损失?

好在在这宇宙间,我的生命只是我自己的玩品,我已浪费得尽够了,那末因这一番经历而使我更陷到极深的悲境里去,似乎也不成一个重大的事件。

但是我不愿留在北京,西山更不愿去了,我决计搭车南下,在无人认识的地方,浪费我生命的余剩;因此我的心从伤痛中又兴奋起来,我狂笑的怜惜自己:

"悄悄的活下来,悄悄的死去,啊!我可怜你,莎菲!"

我在霞村的时候

丁 玲

因为政治部太嘈杂,莫俞同志决定要把我送到邻村去暂住,实际我的身体已经复原了,不过既然有安静的地方暂时休养,趁这机会整理一下近三月来的笔记,觉得也很好,我便答应他到霞村去住两个星期,离政治部有三十里路。

同去的还有一位宣传科的女同志,她大约有些工作,但她不是个好说话的人,所以一路显得很寂寞。加上她是一个"改组派"的脚,我的精神又不大好,我们上午就出发,可是太阳快下山了,才到达目的地。

远远看这村子,也同其他村子差不多。但我知道,这村子里还有一个未被毁去的建筑得很美丽的天主教堂和一个小小的松林,而我就将住在靠山的松林里,从这里可以直望到教堂。现在已经看到靠山的几排整齐的窑洞和窑洞上的绿色的树林,我觉得很满意这村子。

从我的女伴口里，我认为这村子是很热闹的；但当我们走进村口时，却连一个小孩子，一只狗也没有碰到，只是几片枯叶轻轻的被风卷起，飞不多远又坠下来了。

"这里从先是小学堂，自从去年鬼子来后就打毁了，你看那边台阶，那是一个很大的教室呢。"阿桂（我的女伴）告诉我，她显得有些激动，不像白天那样沉默了。她接着又指着一个空空的大院子，"一年半前这里可热闹呢，同志们天天晚饭后就在这里打球。"

她又急起来了："怎么今天这里没有人呢？我们是先到村公所去，还是到山上去呢？咱们的行李也不知道捎到什么地方去了，总得先闹清才好。"

村公所大门墙上，贴了很多白纸条，上面写着"××会办事处""××会霞村分会""……"。但我们到了里边，却静悄悄的找不到一个人，几张横七竖八的桌子空空的摆在那里。我们正奇怪，匆匆的跑来一个人，他看了一看我，似乎想问什么，接着又把话咽下去了，还想不停的往外跑，但被我们叫住了。

他只好连连的答应我们："我们的人嘛，都到村西口去了。行李？嗯，是有行李，老早就抬到山上了，是刘二妈家里。"他一边说一边也打量着我们。

我们知道了他是农救会的人，便要求他陪同我们一道上山去，并且要他把我写给这边一个同志的条子送去。

他答应了替我们送条子，却不肯陪我们，而且显得有点不耐烦的样子，把我们丢下独自跑走了。

街上也是静悄悄的，有几家在关门，有几家门还开着，里边黑漆漆的，我们也没有找到人。幸好阿桂对这村子还熟，她引导着我走上山，这时已经黑下来了，冬天的阳光是下去得快的。

山不高，沿着山脚上去，错错落落有很多石砌的窑洞，也常有人站在空坪上眺望着。阿桂明知没有到，但一碰着人便要问：

"刘二妈的家是这样走的么？""刘二妈的家还有多远？""请你告诉我怎样到刘二妈的家里？"或是问："你看见有行李送到刘二妈家去过么？刘二妈在家么？"

回答总是使我们满意的，这些满意的回答一直把我们送到最远的、最高的刘家院子里，两只小狗最先走出来欢迎我们。

接着便有人出来问了。一听说是我，便又出来了两个人，他们掌着灯把我们送进一个院子，到了一个靠东的窑洞里。这窑洞里面很空，靠窗的炕上堆得有我的铺盖卷和一口小皮箱，还有阿桂的一条被子。

他们里面有认识阿桂的，拉着她的手问长问短的，后来索性把阿桂拉出去了。我一个人留在这屋子里，只好整理铺盖。我刚要躺下去，她们又涌进来了。有一个青年媳妇托着一缸面条，阿桂、刘二妈和另外一个小姑娘拿着碗、筷和一碟子葱同辣椒，小姑娘又捧来一盆燃得红红的火。

她们殷勤的督促着我吃面，也摸我的两手、两臂。刘二妈和那媳妇也都坐上炕来了。她们露出一种神秘的神气，又接着谈讲着她们适才所谈到的一个问题。我先还以为她们所诧异的是我，慢慢我觉得不是这样的，她们只热心于一点，那就是她们谈话的内容。我只无头无尾的听见几句，也弄不清，尤其是刘二妈说话之中，常常要把声音压低，像怕什么人听见似的那么耳语着。阿桂已经完全变了，她仿佛满能干似的，很爱说话，而且也能听人说话的样子，她表现出很能把握住别人说话的中心意思。另外两人不大说什么，不时也补充一两句，却那么聚精会神的听着，深怕遗漏去一个字似的。

忽然院子里发生一阵嘈杂的声音，不知有多少人在同时说话，也不知道闯进了多少人来。刘二妈几人慌慌张张的都爬下炕去往外跑，我也莫名其妙的跟着跑到外边去看。这时院子里实在完全黑了，有两个纸糊的红灯笼在人丛中摇晃，我挤到人堆里去瞧，什么也看不见，他们也是无所谓的在挤着而已，他们都想说什么，都又不说，只听见一些极简单的对话，而这些对话只有更把人弄糊涂的：

"玉娃，你也来了么？"

"看见没有？"

"看见了，我有些怕。"

"怕什么，不也是人么，更标致了呢。"

我开始总以为是谁家要娶新娘子了，他们回答我不是的；我又以为是俘虏，却还不是的。我跟着人走到中间的窑门口，却见窑里挤得满满的是人，而且烟雾沉沉的看不清，我只好又退出来。人似乎也在慢慢的退去了，院子里空旷了许多。

我不能睡去，便在灯底下又整理着小箱子，翻着那些练习簿、像片，又削着几支铅笔。我显得有些疲乏，却又感觉着一种新的生活要到来以前的那种昂奋。我分配着我的时间，我要从明天起遵守规定下来的生活秩序，这时却有一个男人嗓子在

门外响起了:

"还没有睡么?××同志。"

还没有等到我的答应,这人便进来了,是一个二十岁左右的,还文雅的乡下人。

"莫主任的信我老早就看到了,这地方还比较安静,凡事放心,都有我,要什么尽管问刘二妈。莫主任说你要在这里住两个星期,行,要是住得还好,欢迎你多住一阵。我就住在邻院,下边的那几个窑,有事就叫这里的人找我。"

他不肯上炕来坐,地下又没有凳子,我便也跳下炕去:

"呵,你就是马同志,我给你的一个条子收到了么?请坐下来谈谈吧。"

我知道他正在这村子上负点责,是一个未毕业的初中学生。

"他们告诉我,你写了很多书,可惜我们这里没有买,我都没有见到。"他望了望炕上开着口的小箱子。

我们话题一转到这里的学习情形时,他便又说:"等你休息几天后,我们一定请你做一个报告;群众的也好,训练班的也好,总之,你一定得帮助我们,我们这里最难的工作便是'文化娱乐'。"

像这样的青年人我在前方看了很多很多,当刚刚接触他们的时候常常感到惊讶,觉得这些同自己有一点距离的青年们都实在变得很快,我又把话拉回来。

"刚才,他们发生了什么事么?"

"刘大妈的女儿贞贞回来了。想不到她了不起呢。"即刻我感到在他的眼睛里面多了一样东西,那里面放射着愉快的、热情的光辉。

我正要问下去时,他却又加上说明了:"她是从日本人那里回来的,她已经在那里干了一年多了。"

"呵!"我不禁也惊叫起来了。

他打算再告诉我一些什么时,外边有人在叫他了,他只好对我说明天他一定叫贞贞来找我。而且他还提起我注意似的,说贞贞那里"材料"一定很多的。

很晚阿桂才回来睡,她躺到床上老是翻来覆去的睡不着,不住的唉声叹气。我虽说已经疲倦到极点了,仍希望她能告诉我一些关于今晚上的事情。

"不,××同志!我不能说,我真难受,我明天告诉你吧,呵!我们女人真作孽呀!"于是她把被蒙着头,动也不动,也再没有叹息,我不知道她什么时候才睡着的。

第二天一早我便到屋外去散步,不觉得就走到村子底下去了。我走进了一家杂货铺,一方面是休息,一方面买了他们很多枣子,是打算送给刘二妈家里煮稀饭吃的。那杂货铺老板听我说住在刘二妈家里,便挤着那双小眼睛,有趣的低声问我道:

"她那侄女儿你看见了么?听说病得连鼻子也没有了,那是给鬼子糟蹋的呀。"他又转过脸去朝站在里边门口的他的老婆说,"亏她有脸面回家来,真是她爹刘福生的报应。"

"那娃儿向来就风风雪雪的,你没有看见她早前就在街上浪来浪去,她不是同夏大宝打得火热么?要不是夏大宝穷,她不老早就嫁给他了么?"那老婆子拉着衣角走了出来。

"谣言可多呢。"他转过脸来抢着又说。这次他的眼睛已不再眨动了,却做出一副正经的样子:"听说起码一百个男人总'睡'过,哼,还做了日本官太太,这种缺德的婆娘,是不该让她回来的。"

我忍住了气,因为不愿同他吵,就走出来了。我并没有再看他,但我感觉到他又眯着那小眼睛很得意的望着我的背影。

走到天主堂转角的地方,又听到有两个打水的妇人在谈着,一个说:

"还找过陆神父。一定要做姑姑,陆神父问她理由,她不说,只哭,知道那里边闹的什么把戏,现在呢,弄得比破鞋还不如……"

另一个便又说:"昨天他们告诉我,说走起路来一跛一跛的,唉,怎么好意思见人!"

"有人告诉我,说她手上还戴得有金戒指,是鬼子送的哪!"

"说是还到大同去过,很远的,见过一些世面,鬼子话也会说哪……"

这散步于我是不愉快的,我便走回家来了。这时阿桂已不在家,我就独自坐在窑洞里读一本小册子。

我把眼睛从书上抬起来,就看见靠墙立着两个粮食篓子,那大约很有历史的吧,它的颜色同墙壁一般黑,我把一块活动的窗户纸掀开,就看见一片灰色的天(已经不是昨天来时的天气了)和一片扫得很干净的土地,从那地的尽头上,伸出几株枯枝的树,疏疏朗朗的划在那死寂的铅色的天上。

院子里简直没有什么人走动。

我又把小箱子打开，取出纸笔来写了两封信。怎么阿桂还没回来呢？我忘记她是有工作的，而且我以为她是将与我住下去似的了。

冬天的日子本来是很短的，但这时我却以为它比夏天的还长呢。

后来我看见那小姑娘出来了，于是跳下炕到门外去招呼她，她只望着我笑了一笑，便跑到另外一个窑洞里去了。我在院子里走了两个圈，看见一只苍鹰飞到教堂的树林子里边去了。那院子里有很多大树。

我又在院子里走起来，我走到靠右边的尽头处，我听见有哭泣的声音，是一个女人，而且在压抑住自己，时时都在擤鼻涕。

我努力的排遣自己，思索着这次来的目的和计划，我一定要好好休养，而且按着自己规定的时间去生活。于是我又回到房子里来了，既然不能睡，而写笔记又是多么无聊呵！

幸好不久刘二妈来看我了，她一进来，那小姑娘跟着也来了，后来那媳妇也来了。她们便都坐到我的炕上，围着一个小火盆。那小姑娘便检阅着那小方炕桌上的我的用具。

"那时谁也顾不到谁，"刘二妈述说着一年半前鬼子打到霞村来的事，"咱们住在山上的还好点，跑得快，村底下的人家有好些都没有跑走，也是命定下的，早不早迟不迟，这天咱们家的贞贞却跑到天主堂去了，后来才知道她是找那个外国神父要做姑姑去的，为的也是风声不好，她爹正在替她讲亲事，是西柳村的一家米铺的小老板，年纪快三十了，填房，家道厚实，咱们都说好，就只贞贞自己不愿意，她向着她爹哭过。

别的事她爹都能依她,就只这件事老头子不让,咱们老大又没儿,总企望把女儿许个好人家。谁知道贞贞却赌气跑下天主堂去了,就那一忽儿,落在火坑了哪,您说做娘老子的怎不伤心……"

"哭的是她的娘么?"

"就是她娘。"

"你的侄女儿呢?"

"侄女儿么,到底是年轻人,昨天回来哭了一场,今天又欢天喜地到会上去了,才十八岁呢。"

"听说做过日本人太太,真的么?"

"这就难说了,咱也摸不清,谣言自然是多得很,病是已经弄上身了,到那种地方,还保得住干净么?小老板的那头亲事,还不吹了,谁还肯要鬼子用过的女人!的的确确是有病,昨天晚上她自己也就说了。她这一跑,真变了,她说起鬼子来就像说到家常便饭似的,才十八岁呢,已经一点也不害臊了。"

"夏大宝今天还来过呢,娘!"那媳妇悄声的说着,又用着探问的眼睛望着二妈。

"夏大宝是谁呢?"

"是村底下磨房里的一个小伙计,早先小的时候同咱们贞贞同过一年学,两个要好得很,可是他家穷,就连咱们家也不如,他正经也不敢怎样的,偏偏咱们贞贞痴心痴意,总要去缠着他,一来又怪了他;要去做姑姑也还不是为了他?自从贞贞给日本鬼弄去后,他倒常来看看咱们老大两口子。起先咱们大爹一见他就气,有时骂了他,他也不说什么,骂走了第二次又来，倒是一个有良心的孩子，现在自卫队当一个小排长呢。他今天又来了，好像向咱们大妈求亲来着呢，只听见她哭，后来他也哭着走了。"

"他知不知道你侄女儿的情形呢？"

"怎会不知道？这村子里就没有人不清楚，全比咱们自己还清楚呢。"

"娘，人都说夏大宝是个傻孩子呢。"

"嗯，这孩子总算有良心，咱是愿意这头亲事的。自从鬼子来后，谁是有钱的人呢？看老大两口子的口气，也是答应的。唉，要不是这孩子，谁肯来要呢？莫说有病，名声就实在够受了。"

"就是那个穿深蓝色短棉袄，戴一顶古铜色翻边毡帽的。"小姑娘闪着好奇的眼光，似乎也很了解这回事。

在我记忆里出现了这样一个人影：今天清晨我动身出外散步的时候，看见了这么一个年轻的小伙子，有着一副很机伶也很忠厚的面孔，他站在我们院子外边，却又并不打算走进来的样子；约莫当我回家时，又看他从后边的松林里走出来。我只以为是这院子里人或邻院的人，我那时并没有很注意他，现在想起来，倒觉得的确是一个短小精悍、很不坏的年轻人。

我的休养计划怕不能完成了，为什么我的思绪这样的乱？我并不着急于要见什么人，但我幻想中的故事是不断的增加着。

阿桂现出一副很明白我的神气，望着我笑了一下便走出去了。

我明白了她的意思，于是来回在炕上忙碌了一番；觉得我们的铺、灯、火都明亮了许多。我刚把茶缸子去搁在火上的时候，果然阿桂已经又回到门口了，我听见她后边还跟得有人。

"有客人来了，××同志！"阿桂还没有说完，便听见另外一个声音噗嗤一笑："嘻……"

在房门口我握住了这并不熟识的人的手了。她的手滚烫，使我不能不略微吃惊。她跟着阿桂爬上炕去时，在她的背上，长长的垂着一条发辫。

这间使我感到非常沉闷的窑洞，在这新来者的眼里，却很新鲜似的，她拿着蛮有兴致的眼光环绕的探视着。她身子稍稍向后仰的坐在我的对面，两手分开撑住她坐的铺盖上，并不打算说什么话似的，最后便把眼光安详的落在我的脸上了。阴影把她的眼睛画得很长，下巴很尖。虽在很浓厚的阴影之下的眼睛，那眼珠却被灯光和火光照得很明亮，就像两扇在夏天的野外屋宇里的洞开的窗子，是那么坦白，没有尘垢。

我也不知道如何来开始我们的谈话，怎么能不碰着她的伤口，不会损害到她的自尊心。我便先从缸子里倒了一杯已经热了的茶。

"你是南方人吧？我猜你是的，你不像咱们省里的人。"倒是贞贞先说了。

"你见过很多南方人么？"我想最好随她高兴说什么我就跟着说什么。

"不，"她摇着头，仍旧盯着我瞧，"我只见过几个，总是有些不同。我喜欢你们那里人，南方的女人都能念很多很多的书，不像咱们，我愿意跟你学，你教我好么？"

我答应她之后忽的她又说了："日本的女人也都会念很多

很多书，那些鬼子兵都藏得有几封写得漂亮的信：有的是他们的婆姨来的，有的是相好来的，也有不认识的姑娘们写信给他们，还夹上一张照片，写了好些肉麻的话，也不知道她们是不是真心，总哄得那些鬼子当宝贝似的揣在怀里。"

"听说你会说日本话，是么？"

在她脸上轻微的闪露了一下羞赧的颜色，接着又很坦然的说下去："时间太久了，跑来跑去一年多，多少就会了一点儿，懂得他们说话有很多好处。"

"你跟着他们跑了很多地方么？"

"并不是老跟着一个队伍跑的，人家总以为我做了鬼子官太太，享富贵荣华，实际我跑回来过两次，连现在这回是第三次了。后来我是被派去的，也是没有办法，我在那里熟，工作重要，一时又找不到别的人。现在他们不再派我去了，要替我治病。也好，我也挂牵我的爹娘，回来看看他们。可是娘真没有办法，没有儿女是哭，有了儿女还是哭。"

"你一定吃了很多的苦吧。"

"她吃的苦真是想也想不到，"阿桂又做出一副难受的样子，像要哭似的，"做了女人真倒霉，贞贞你再说吧。"她更挤拢去，紧靠她身边。

"苦么，"贞贞像回忆着一件辽远的事一样，"现在也说不清，有些是当时难受，于今想来也没有什么；有些是当时倒也马马虎虎的过去了，回想起来却实在伤心呢，一年多，日子也就过去了。这次一路回来，好些人都奇怪的望着我。就说这村子的人吧，都把我当一个外路人，也有亲热我的，也有逃避我的。再说家里几个人吧，还不都一样，谁都爱偷偷的瞧我，没有人把我当原来的贞贞看了。我变了么,想来想去,我一点也没有变,要说,也就心变硬一点罢了。人在那种地方住过,不硬一点心肠还行么,也还是因为没有办法,逼得那么做的哪!"

一点有病的象征也没有,她的脸色红润,声音清晰,不显得拘束,也不觉得粗野。她并不含一点夸张,也使人感觉不到她有过什么牢骚,或是悲凉的意味,我忍不住要问到她的病了。

"人大约总是这样,哪怕到了更坏的地方,还不是只得这样,硬着头皮挺着腰肢过下去,难道死了不成?后来我同咱们自己人有了联系,就更不怕了。我看见日本鬼子在我捣鬼以后,吃败仗,游击队四处活动,人心一天天好起来,我想我吃点苦,也划得来,我总得找活路,还要活得有意思,除非万不得已。所以他们说要替我治病,我想也好,治了总好些。这几天病倒不觉得什么了,路过张家驿时,住了两天,他们替我打了两次药针,又给了一些药我吃。只有今年秋天的时候,那才厉害,人家说我肚子里面烂了,又赶上有一个消息要立刻送回来,找不到一个能代替的人,那晚上摸黑路我一个人来回走了三十里,走一步,痛一步,只想坐着不走了。要是别的不关紧要的事,我一定不走回去了,可是这不行哪,唉,又怕被鬼子认出我来,又怕误了时间,后来整整睡了一个星期,才又拖着起了身。一条命要死好像也不大容易,你说是么?"

她并没有等我的答复,却又继续说下去了。

有的时候,她也停顿下来,在这时间,她也望望我们,也许是在我们脸上找点反应,也许她只是思索着别的。看得出阿桂是比贞贞显得更难受,阿桂大半的时候沉默着,有时也说几句话,她说的话总只为的传达出她的无限的同情,但她沉默着时,却更显得她为贞贞的话所震慑住了,她的灵魂在被压抑,她感受了贞贞过去所受的那些苦难。

我以为那说话的人是丝毫没有想到要博得别人的同情的,纵是别人正在为她分担了那些罪过,她似乎也没有感觉到,同时也正因为如此,就使人觉得更可同情了。如果她说起她的这段历史的时候,并不是像现在这样,心平气和,甚至就使你以为她是在说旁人那样,那是宁肯听她哭一场,哪怕你自己也陪着她哭,都是觉得好受些的。

后来阿桂倒哭了,贞贞反来劝她。我本有许多话准备同贞贞说的,也说不出口了,我愿意保持住我的沉默。当她走后,我强制住自己在灯下读了一个钟头的书,连睡得那么邻近的阿桂,也不去看她一眼,或问她一句,哪怕她老是翻来覆去的睡不着,一声一声的叹息着。

以后贞贞每天都来我这里闲谈,她不只是说她自己,也常常很好奇的问我许多那些不属于她的生活中的事。有时我的话说得很远,她便显得很吃力的听着,却是非常要听的。我们也一同走到村底下去,年轻人都对她很好;自然都是那些活动分子。但像杂货店老板那一类的人,总是铁青着脸孔,冷冷的望着我们,他们嫌厌她,卑视她,而且连我也当着不是同类的人的样子看待了。尤其那一些妇女们,因为有了她才发生对自己的崇敬,才看出自己的圣洁来,因为自己没有被人强奸而骄傲了。

阿桂走了之后,我们的关系就更密切了,谁都不能缺少谁似的，一忽儿不见就会彼此挂念。我喜欢那种有热情的，有血肉的，有快乐、有忧愁、却又是明朗的性格的人；而她就正是这样。我们的闲谈常常占去了很多时间，我却总以为那些谈天，于我的学习和修养，都是非常有帮助的。可是日子一天天过去，贞贞对我并不完全坦白的事，竟被我发觉了；但我绝不会对她有一丝怨恨的，而且我将永远不去触她这秘密，每个人一定有着某些最不愿告诉人的东西深埋在心中，这是指属于私人感情的事，既与旁人毫无关系，也不会有关系于她个人的道德的。

已经到了我快走的那几天了，贞贞忽然显得很烦躁，并没有什么事，也不像打算要同我谈什么的，却很频繁的到我屋子中来，总是心神不宁，坐立不是的，一会儿又走了。我知道她这几天吃得很少，甚至常常不吃东西。我问过她的病状，我清楚她现在所担受的烦扰，决不只是肉体上的。她来了，有时还说几句毫无次序的话；有时似乎要求我说一点什么，做出一副要听的神气。但我也看得出她在想一些别的，那些不愿让人知道的，她是正在掩饰着这种心情，装出无所谓的样子。

有两次，我看见那显得很精悍的年轻小伙子从贞贞母亲的窑中出来，我曾把他给我的印象和贞贞一道比较，我以为我非常同情他，尤其当现在的贞贞被很多人糟蹋过，染上了不名誉的、难医的病症的时候，他还能耐心的来看她，向她的父母提出要求，他不嫌弃她，不怕别人笑骂。他一定觉得她这时更需要他，他明白一个男子在这样的时候对他相好的女人所应有的气概和责任。而贞贞呢，虽说在短短的时间中，找不出她有很多的伤感和怨恨，她从没有表示过她希望有一个男子来要她，或者就说是抚慰吧；但我也以为因为她是受过伤的，正因为她受伤太重，所以才养成她现在的强硬，她就有了一种无所求于人的样子。可是如果有些爱抚，非一般同情可比的怜惜，去温暖她的灵魂是好的。我喜欢她能哭一次，找到一个可以哭的地方去哭一次。我是希望着我有机会吃到这家人的喜酒，至少我也愿意听到一个喜讯再离开。

"然而贞贞在想着一些什么呢？这是不会拖延好久，也不应成为问题的。"我这样想着，也就不多去思索了。

刘二妈，她的小媳妇、小姑娘也来过我房子，估计她们的目的，无非想来报告些什么，有时也说一两句。但我总不给她们说话的机会，我以为凡是属于我朋友的事，如若朋友不告诉我，我又不直接问她，却在旁人那里去打听，是有损害于我的朋友和我自己，也是有损害于我们的友谊的。

就在那天黄昏的时候，院子里又热闹起来了，人都聚集在那里走来走去，邻舍的人全来了，他们交头接耳的，有的显得悲戚，也有的满感兴趣的样子。天气很冷，他们好奇的心却很热，他们在严寒底下耸着肩，弓着腰，笼着手，他们吹着气，在院子中你看我，我看你，好像在探索着很有趣的事似的。

开始我听见刘大妈的房子里有些吵闹的声音，接着刘大妈哭了。后来还有男人哭的声音，我想是贞贞的父亲吧。接着又有摔碗的声音，我忍不住，分开看热闹的人冲进去了。

"你来的很好，你劝劝咱们贞贞吧。"刘二妈把我扯到里边去。

贞贞把脸藏在一头纷乱的长发里，却望得见有两颗铮铮的眼睛从里边望着众人。我只走到她旁边便站住了。她似乎并没有感觉我的到来，或者也把我当作一个毫不足以介意的敌人之一罢了。她的样子完全变了，几乎使我不能在她的身上回想起一点点那些曾属于她的洒脱、明朗、愉快，她像一个被困的野兽，她像一个复仇的女神，她憎恨着谁呢，为什么要做出那么一副残酷的样子？

"你就这样的狠心，你全不为娘老子着想，你全不想想这一年多来我为你受的罪……"刘大妈在炕上一边搥着一边骂，她的眼泪就像雨点一样，有的落在炕上，有的落在地上，还有的就顺着脸往下流。

有好几个女人围着她，扯着她，她们不准她下炕来。我以为一个人当失去了自尊心，一任她的性情疯狂下去的时候，真是可怕。我想告诉她，你这样哭是没有用的，同时我也明白在这时是无论什么话都不会有效果的。

老头子显得很哀老的样子了，他垂着两手，叹着气。夏大宝坐在他旁边，用无可奈何的眼光望着两个老人。

"你总得说一句呀，你就不可怜可怜你的娘么？……"

"路走到尽头总要转弯的，水流到尽头也要转弯的，你就没有一点弯转么？何苦来呢？……"

一些女人们就这样劝贞贞。

我看出这事是不会如大家所希望的了。贞贞早已经表示不要任何人可怜她，她也不可怜任何人。她是早已有决定，没有转弯的，要说赌气，就算赌气吧。她是咬紧了牙关要坚持下去的神情。

她们听了我的劝告，请贞贞到我的房里边去休息，一切问题到晚上再谈。于是我便领着贞贞出来了。可是她并没有到我的房中去，她向后山上跑走了。

"这娃儿心事大呢！……"

"哼，瞧不起咱乡下人了……"

"这种破铜烂铁，还搭臭架子，活该夏大宝倒霉……"

聚集在院子中的人们纷纷议论着，看看已经没有什么好看的了，便也散去了。

我在院子中也踌躇了一会，便决计到后山去。山上有些坟堆，坟周围都是松树，坟前边有些断了的石碑，一个人影子也没有，连落叶的声音都没有。我从这边穿到那边，我叫着贞贞的名字，似乎有点回声，来安慰一下我的寂寞，但随即更显得万山的沉静，天边的红霞已经退尽了，四周围浮上一层寂静的、烟似的轻雾，绵延在远近的山的腰边。我焦急，我颓然坐在一块碑上，我盘旋着一个问题：再上山去呢，还是在这里等她呢？我希望我能替她分担些痛苦。

我看见一个影子从底下上来了。很快我便认识出就是夏大宝。我不做声，希望他没有看见我，让他直到上面去吧。但是他却在朝我走来。

"你找了么？我到现在还没有看见她。"我不得不向他打个招呼。

他却走到我面前，而且就在枯草地上坐下去。他沉默着，眼望着远方。

我微微有些局促。他的确还很年轻呢，他有两条细细的长眉，他的眼很大，现在却显得很为呆板，他的小小的嘴紧闭着，也许在从前是很有趣的，但现在只充满着烦恼，压抑住痛苦的样子,他的鼻是很忠厚的,然而却有什么用?

"不要难受,也许明天就好了,今天晚上我定要劝她。"我只好安慰他。

"明天,明天,……她永远都会恨我的,我知道她恨我……"他的声音稍稍的有点儿哑,是一个沉郁的低音。

"不,她从没有向我表示过对人有什么恨。"我搜索着我的记忆,我并没有撒谎。

"她不会对你说的,她不会对任何人说的,她到死都不饶恕我的。"

"为什么她要恨你呢?"

"当然罗……"忽的他把脸朝着我,注视着我,"你说,我那时不过是一个穷小子,我能拐着她逃跑么?是不是我的罪?是么?"

但他并没有等到我的答复就又说下去了,几乎是自语:"是我不好,还能说是我对么,难道不是我害了她么?假如我能像她那样有胆子,她是不会……

"她的性格我懂得,她永远都要恨我的。你说,我应该怎样?她愿意我怎样?我如何能使她快乐?我这命是不值什么的,我在她面前也还有点用处?你能告诉我么?我简直不知我应该怎样才好,唉,这日子真难受呀!还不如让鬼子抓去……"他不断的喃喃下去。

当我邀他一道回家去的时候,他站起来同我走了几步,却又停住了,他说他听见山上有声音。我只好鼓励他上山去,我直望到他的影子没入更厚的松林中去时,才踏上回去的路,然而天色已经快要全黑了。

这天晚上我虽然睡得很迟,却没有得着什么消息,不知道他们怎样过的。

等不到吃早饭,我把行李都收拾好了。马同志答应今天来替我搬家。我已准备回政治部去,并且回到××去;因为敌人又要大举"扫荡"了,我的身体不准许我再留在这里,莫主任说无论如何要先把这些伤病员送走。我的心却有些空荡荡的,坚持着不回去么?身体又累着别人。回去么?何时再来呢?我正坐在我的铺上沉思着的时候,我觉得有人悄悄的走进我的窑洞。

她一耸身跳上炕来坐在我的对面了,我看见贞贞脸上稍稍的有点浮肿,我去握着那只伸在火上的手,那种特别使我感觉刺激的烫热又使我不安了,我意识到她有着不轻的病症。

"贞贞!我要走了,我们不知何时再能相会,我希望,你能听你娘……"

"我就是来告诉你的,"她一下就打断了我的话,"我明天也要动身了。我恨不得早一天离开这家。"

"真的么?"

"真的!"在她的脸上那种特有的明朗又显出来了,"他们叫我回……去治病。"

"呵!"我想我们也许要同道的,"你娘知道了么?"

"不,还不知道,只说治病,病好了再回来,她一定肯放我走的,在家里不是也没有好处么?"

我觉得她今天显得稀有的平静。我想起头天晚上夏大宝说的话了。我冒昧的便问她道:

"你的婚姻问题解决了么？"

"解决，不就是那么么？"

"是听娘的话么？"我还不敢说出我对她的希望，我不愿想着那年轻人所给我的印象，我希望那年轻人有快乐的一天。

"听她们的话，我为什么要听她们的话，她们听过我的话么？"

"那末你果真是和她们赌气么？"

"……"

"那末……你真的恨夏大宝么？"

她半天没有回答我，后来她说了，说得更为平静的："恨他，我也说不上。我总觉得我已经是一个有病的人了，我的确被很多鬼子糟蹋过，到底是多少，我也记不清了，总之，是一个不干净的人了。既然已经有了缺憾，就不想再有福气，我觉得活在不认识的人面前，忙忙碌碌的，比活在家里，比活在有亲人的地方好些。这次他们既然答应送我到××去治病，那我就想留在那里学习，听说那里是大地方，学校多；什么人都可以学习的。大家扯在一堆并不会怎样好，那就还是分开，各奔各的前程。我这样打算是为了我自己；也为了旁人，所以我并不觉得有什么对不住人的地方，也没有什么高兴的地方。而且我想，到了××，还另有一番新的气象。我还可以再重新做一个人，人也不一定就只是爹娘的，或自己的。别人说我年轻，见识短，脾气别扭，我也不辩，有些事情哪能让人人都知道呢？"

我觉得非常惊诧，新的东西又在她身上表现出来了。我觉得她的话的确值得我们研究，我当时只能说出我赞成她的打算的话。

  我走的时候,她的家属在那里送我,只有她到公所里去了,也再没有看见夏大宝。我心里并没有难受,我仿佛看见了她的光明的前途,明天我将又见着她的,定会见着她的,而且还有好一阵时日我们不会分开了。果然,一走出她家的门,马同志便告诉了我关于她的决定,证实了她早上告诉我的话很快便会实现了。

在医院中

丁 玲

一

12月里的末尾,下过了第一场雪,小河大河都结了冰,风从收获了的山冈上吹来,刮着拦牲口的篷顶上的苇秆,呜呜的叫着,又迈步到沟底下去了。草丛里藏着的野雉,便刷刷的整着翅子,更钻进那些石缝或是土窟洞里去。白天的阳光,照射在那些冰冻了的牛马粪堆上,蒸发出一股难闻的气味。几个无力的苍蝇在那里打旋,可是黄昏很快的就罩下来了,苍茫的,凉幽幽的从远远的山冈上,从刚刚可以看见的天际边,无声的,四面八方的靠近来,鸟鹊都打着寒战,狗也夹紧了尾巴。人们便都回到他们的家,那唯一的藏身的窑洞里去了。

那天,正是这时候,一个穿灰色棉军服的年轻女子,跟在一个披一件羊皮大衣的汉子后面,从沟底下的路上走来。这女子的身段很伶巧,又穿着男子的衣服,简直就像一个未成年的孩子似的,她在有意的做出一副高兴的神气,睁着两颗圆的黑的小眼,欣喜的探照荒凉的四周。

"我是没有什么工作经验的,将来麻烦你的时候一定很多。总请你帮忙才好啦!李科长!你是老革命,鄂豫皖来的吧?"

她现在很惯于用这种声调了,她以为不管到什么机关去,总得先同这些事务工作人员弄好。在学校的时候,每逢到厨房打水,到收发科取信,上灯油,拿炭,就总是拿出这末一副讨好的声音,可是倒并不显得卑屈,只见其轻松的。

走在前边的李管理科长,有着一般的管理科长不急不徐的风度,俨然将军似的披着一件老羊皮大衣。他们在有的时候显得很笨,有时却很聪明。他们会使用军队里最粗野的骂人术语,当勤务员犯了错误的时候;他们也会很微妙的送一点鸡、鸡蛋、南瓜子给秘书长,或者主任。这并不要紧,因为只由于他的群众工作好,不会有其它什么嫌疑的。

他们从那边山腰又转到这边山腰,在沟里边一望,曾闪过白衣的人影,于是那年轻女子便大大的嘘了一口气,像特意要安慰自己说:"多么幽静的养病的所在啊!"

她不敢把太愉快的理想安置得太多,却也不敢把生活想得太坏,失望和颓丧都是她所怕的,所以不管遇着怎样的环境,她都好好的替它做一个宽容的恰当的解释。仅仅在这一下午,她就总是这末一副恍恍惚惚,却又装得很定心的样子。

跟在管理科长的后边,走进一个院子,而且走进一个窑洞。这就是她要住下来的。这简直与她的希望相反,这间窑绝不会很小,绝不会有充足的阳光,一定还很潮湿。当她一置身在空阔的窑中时,便感觉得在身体的四周,有一种怕人的冷气袭来,薄弱的,黄昏的阳光照在那黑的土墙上,浮着一层凄惨的寂寞的光,人就像处在一个幽暗的,却是半透明的那末一个世界,与现世脱离了似的。

她看见她小皮箱和铺盖卷已经孤零零的放在那冷地上。

这李科长是一个好心的管理科长,他在动手替她把那四根柴柱支着的铺整理起来了。

"你的被这样的薄!"他抖着那薄饼似的被子时不禁忍不住的叫起来了。即在队伍里像这样薄的被子也不多见的。

她回顾了这大窑,心也不觉的有些忐忑,但她是不愿向人要东西的,她说:"我不大怕冷。"

在她的铺的对面,已经有一个铺得很好的铺,他告诉她那是住着一个姓张的医生的老婆,是一个看护。于是她的安静的,清洁的,有条理的独居的生活的梦想又破灭了。但她却勉强的安慰自己:"住在这样大的一间窑里,是应该有个伴的。"

那位管理科长不知怎样一搞,床却碎在地下了。他便匆匆的走了,大约是找斧子去的吧。

这年轻女子便蹲在地上将这解体的床铺诊治起来,她找寻着可以使用的工具,她看见靠窗户放有一张旧的白木桌。假如不靠着什么那桌子是站不住的,桌子旁边随便的躺着两张凳子。这新办不久的医院里的家具,也似乎是从四方搜罗来的残废者啊!

用什么方法可以打发走这目前的无聊的时光呢,那管理科长又没有来?她只好踱到院子里去。院子里的一个粪堆和一个草堆连接起来了,简直没有插足的地方。两个女人跪在草堆里,浑身都是草屑,一个掌着铡刀,一个把着草束,专心的铡着,而且播弄那些切碎了的草。

她站在她们旁边,看了一会,和气地问道:"老乡!吃过了没有?"

"没坐啦!"于是她们停住了手的动作,好奇的,呆呆的来打量她。并且有一个女人就说了:"呵!又是来养娃娃的呵!"她一头剪短了的头发乱蓬得像个孵蛋的母鸡尾巴。而从那头杂乱得像茅草的发中,露出一块破布片似的苍白的脸,和两个大而无神的眼睛,有着鱼的表情。

"不,我不是来养娃娃的。是来接娃娃的。"在没有结过婚的女子一听到什么养娃娃的话,如同吃了一个苍蝇似的心里涌起了欲吐的嫌厌。

在朝东那面的三个窑里,已经透出微弱的淡黄色的灯光。有初生婴儿的啼哭。这是她曾熟悉过的一种多么挟着温柔和安慰的小小生命的呼唤呵。这呱呱的声音带了无限的新鲜来到她胸怀,她不禁微微开了嘴,舒展了眉头,向那有着灯光的屋子里,投去一缕甜适的爱抚:"明天,明天我要开始了!"

再绕到外边时,暮色更低的压下来了。沟底下的树丛只成了模糊的一片。远远的半山中,穿着一条灰色的带子,晚霞在那里飘荡。虽说没有多大的风,空气却刺骨的寒冷。她只好又走回来,她惊奇的跑回已经有了灯光的自己的住处。管理科长什么时候走回来的呢。她的铺也许弄妥当了。她到屋里时,却只见一个穿黑衣的女同志端坐在那已有的铺上,就着一盏麻油灯整理着一双鞋面,那麻油灯放在两张重叠起来的凳上。

"你是新来的医生,陆萍么?"当她问她的时候,就像一个天天见惯了的人似的那末坦直和自然,随便的投来了一瞥,又去弄她的鞋面去了,还继续的哼着一个不知名的小调。

她一点也没有注意从这新来的陆萍那里是送来了如何的高兴。她只用平淡的节省的字眼在回答她。她好像一个老旅行者,在她的床的对面,多睡一个人或少睡一个人或更换一个人都是一样,没有什么可以引起波动的。她把鞋面翻看了一回之后,便把铺摊开了。却又不睡,只坐在被子里,靠着墙,从新又唱着一个陕北小调。

陆萍又去把那几根柴柱拿来敲敲打打,怎末也安置不好,她只好把铺开在地上,决心熬过这一夜。她又坐在被子里,无所谓的把那个张医生的老婆打量起来了。

她不是很美丽吗,她有一个端正的头型,黑的发不多也不少,五官都很均正,脖项和肩胛也很适衬,也许正是宜于移在画布上去的线条,可是她仿佛没有感情,既不温柔,也不凶暴,既不显得聪明,又不见得愚蠢,她答应她一些话语,也述说过,也反问过她,可是你是无法窥测出她是喜悦呢,还是厌憎。

忽然那看护像被什么针刺了似的,陡的从被子里跳出来了,一直冲了出去。陆萍听见她推开了间壁的老百姓的门,一边说着些什么,带着高兴的走了进去,那曾因她跑走时鼓起一阵大风的被子,有大半拖在地上。

现在又只剩陆萍一个人。被子老裹不严,灯因为没有油只剩一点点凄惨的光。老鼠出来了,先是在对面床底下,后来竟跳到她的被子上来了。她蜷卧在被子里,也不敢脱衣裳,寒冷不容易使人睡着。她不能不想到许多事,仅仅这一下午所碰到的也就够她去消磨这深夜的时候了。她竭力安慰自己,鼓励自己,骂自己,又替自己建筑着新的希望的楼阁,努力使自己在这楼阁中睡去。可是窑对面牛棚里的牛,不断的嚼着草根,还常常用蹄子踢着什么。她再张开眼时,房子里已经漆黑,灯不知在什么时候已经熄灭,老鼠便更勇敢的迈过她的头。

很久之后,才听到间壁的窑门又开了。医生的老婆便风云叱咤的一路走回来,门大声的响着,碰倒了一张凳子,又踩住了自己的被子,于是她大声的骂:"狗禽的,操他奶奶的管理员,给这末一滴儿油,一点便黑了,真他妈拉格屄!"她连串的熟悉的骂那些极其粗鲁的话,她从那些大兵们学的很好,不过即使她这末骂着的时候,也并看不出她有多大的憎恨,或是显得猥亵。

陆萍这时一声也不响,她从嘴唇的动弹中,辨别出她适才一定吃过什么很满意的东西了。那看护摸上床之后,头一着枕,便响起很匀称的鼾声。

二

陆萍是上海一个产科学校毕业的学生,是依照她父亲的理想,才进去了两年,她自己就感到她是不适宜于做一个产科医生。她对于文学书籍更感到兴趣,她有时甚至讨厌一切医生,但仍整整住了四年。"八·一三"的炮火把她投进了战争,她到伤兵医院去服务，耐心的为他们洗换，替他们写信给家里，常常为了一点点的须索奔走。她像一个母亲一个情人似的看护着他们。他们也把她当着一个母亲一个情人似的依靠着。他们伤好了，她为他们愉快。可是他们走了，有的向她说了声再会，也有来一封道谢的信，可是也就不会再有消息。她便悄悄的拿回那寂寞的感情，再投掷到新来的伤兵身上。这样的流浪生活，几乎消磨了一整年，她受了很多的苦，辗转的跑到了延安，才做了抗大的学生。她自己感觉到在内在的什么地方有些改变，她用心的啃着从未接触过的一些书籍，学着在很多人面前发言。她仿佛看见了自己的将来，一定是以一个活跃的政治工作者的面目出现。她很年轻，才二十岁，自恃着聪明，她满意这生活，和这生活的道路。她不会浪费她的时间，和没有报酬的感情。在抗大又住了一年，她成了一个共产党员。而这时政治处的主任找她谈话了，为了党的需要，她必须脱离学习到离延安四十里地的一个刚开办的医院去工作。而且医务工作应该成为她终身对党的贡献的事业。她声辩过，说她的性格不合，她可以从事更重要的或更不重要的，甚至她流泪了。但这些理由不能够动摇那主任的决心，就是不能推翻决议。除了服从没有旁的办法。支部书记也来找她谈话，小组长成天钉着她谈。她讨厌那一套。那些理由她全懂，事实是要她割断这一年来她所憧憬的光明前途，又重复回到旧有的生活，她很明白，她决不会成为一个了不起的医生，她不过是一个很普通的产婆，或者有没有都没有什么关系。她是一个富于幻想的人，而且有能耐去打开她生活的局面。可是"党""党的需要"的铁箍套在头上，她能违抗党的命令么？能不顾这铁箍么，这由她

在医院中

自己套上来的？她只有去，但她却说好只去做一年。而且打扫了心情，用愉快的调子去迎接该到来的生活，伊里基不说过吗？"不愉快只是生活的耻辱。"于是她到医院来了。

院长是一个四川人，种田的出身，后来参加了革命，在军队里工作得很久。他对医务完全是外行。他以一种对女同志并不须要尊敬和客气的态度接见陆萍，像看一张买草料的收据那样懒洋洋的神气读了她的介绍信，又钉着她瞪了一眼："唔，很好！留在这里吧。"但他是很忙的，他不能同她多谈。对面屋子里住得有指导员，她可以去找他。于是他不再望她了，端坐在那里，也并不动手作别事。

指导员黄守荣同志，一副八路军里青年队队长的神气。很谨慎，却又很爱说话，衣服穿得很整齐，表现一股很朴直很幼稚的热情，有点羞涩，却又企图装得大方。

他告诉她这里的困难，第一，没有钱。第二，刚搬来，群众工作还不好，动员难。第三，医生太少，而且几个负责些的都是外边刚来的，不好对付。

把过去历史，做过连指导员的事也同她说了。他是多么想到连上去呵。

从指导员房里出来之后，在一个下午还遇了几个有关系的同事。那化验室的林莎，在用一种怎样敌意的眼睛来望她。林莎有一对细的弯的长眼，笑起来的时候眯成一条半圆形的线，两角往下垂，眼皮微微肿起，露出细细的引逗人的光辉。好似在等着什么爱抚，好似在问人："你看，我还不够漂亮么？"可是她对着刚来的陆萍，眼睛只显出一种不屑的神气："哼！什么地方来的这产婆，看那寒酸样子！"她的脸有很多的变化,有时像一朵微笑的花,有时像深夜的寒星。她的步法非常停当。用很慢的调子说话,这种沉重又显得柔媚,又显得傲慢。

陆萍只憨憨的对她笑,心里想:"我会怕你什么呢,你敢用什么来向我骄傲?我会让你认识我。"她既然有了这样的信心,她就要做到。

又碰到一个在抗大的同学,张芳子,她在这里做文化教员。这个常常喜欢在人面前唱唱歌的人,本来就未引起过她的好感。这是一个最会糊糊涂涂的懒惰的打发去每一个日子的人。她有着很温柔的性格,不管伸来怎样的臂膀,她都不忍心拒绝的,可是她却很少朋友,这并不会由于她有什么孤僻的性格,只不过因为她像一个没有骨头的人,烂棉花似的没有弹性,不能把别人的兴趣绊住。陆萍在刚看见她时,还涌起一阵欢喜,可是再看看她那庸俗的平板的脸孔时,心就像沉在海底下似的那末平稳,那末凉。

她又去拜访了产科主任王梭华医生,她有一位浑身都是教会女人气味的太太——她是小儿科医生。她总用着白种人看有色人种的眼光来看一切,像一个受惩的仙子下临凡世,又显得慈悲,又显得委屈。只有她丈夫给了陆萍最好的印象,这是一个有绅士风度的中年男子,面孔红润,声音响亮,时时保持住一种事务上的心满意足,虽说她看的出他只不过是一种资产阶级所惯有的虚伪的应付,然而却有精神,对工作热情,她并不喜欢这种人,也不需要这种人做朋友,可是在工作上她是乐意和这人合作的。她不敢在那里坐的很久,那位冷冷的坐在侧边的夫人总使她害怕,即使在她和气和做得很明朗的气氛之下,她也感到有一种说不出的压抑。

不管这种种的现象,曾给与她多少不安和彷徨,然而在睡过了一夜之后,她都把它像衫袖上的尘土抖掉了。她理性的批判了那一切。她又非常有原气的跳了起来,她自己觉得她有太多的精力,她能担当一切。她说,让新的生活好好的开始吧。

三

每天把早饭一吃过,只要没有特别的事故,她可以不等主任医生,就轮流到五间产科病室去察看。这儿大半是陕北妇女,和很少的几个××、××或××的学生。她们都很欢迎她,每个人都用担心的、谨慎的眼睛来望她,亲热的喊着她的名字,琐碎的提出许多关于病症的问题,有时还在她面前发着小小的脾气,女人的爱娇。每个人的希望都寄托在她的身上。像这样的情形在刚开始,也许可以给人一些兴奋和安慰,可是日子长了,天天是这样,而且她们并不听她的话。她们好像很怕生病,却不爱干净,常常使用没有消毒过的纸,不让看护洗濯,生产还不到三天就悄悄爬起来自己去上厕所,甚至她们还很顽固。实际她们都是做了母亲的人,却要别人把她们当着小孩子看待,每天重复着那些叮咛的话,有时也得假装生气,但结果房子里仍旧很脏,做勤务工作的看护没有受过教育,什么东西都塞在屋角里。洗衣员几天不来,院子里四处都看得见有用过的棉花和纱布,养育着几个不死的苍蝇。她没办法,只好戴上口罩,用毛巾缠着头,拿一把大扫帚去扫院子。一些病员、老百姓,连看护在内都围着看她。不一会,她们又把院子弄成原来的样子了。谁也不会感觉的有什么抱歉。

除了这位张医生的老婆之外，还有一位不知是哪个机关的总务处长的老婆也在这里。她们都是产科室的看护，她们一共学了三个月看护知识，可以认几十个字，记得十几个中国药名。她们对看护工作既没有兴趣，也没有认识。可是她们不能不工作。新的恐惶在压迫着。从外面来了一批又一批的女学生，离婚的案件经常被提出。自然这里面也不缺少真正的觉悟，愿意刻苦一点，向着独立做人的方向走，不过大半仍是又惊惶，又懵懂。这两位夫人，尤其是那位已经有了二十六七岁的总务处长的夫人摆着十足的架子，穿着自制的中山装，在稀疏的黄发上束上一根处女带，自以为漂亮满想骄傲一下的那么凸出肚皮在院子中摆来摆去。她们毫无服务的精神，又懒又脏，只有时对于鞋袜的缝补，衣服的浆洗才表示无限的兴趣。她不得不催促她们，催促不成就只好代替，她为了不放心，也只得守着她们消毒，替孩子们洗换、做棉花球，卷纱布。为了不愿使病人产妇多受苦痛，便自己去替几个开刀了的、发炎的换药，这种成为习惯了的道德心，虽不时髦，为许多人看不起，而在她却是在很小的时候，就已经被养成。

一到下午，她就要变得愉快些，这是说当没有产妇临产而比较空闲的时候。她去参加一些会议，提出她在头天夜晚草拟的一些意见书。她有足够的热情，和很少的世故。她陈述着，辩论着，倾吐着她成天所见到的一些不合理的事，她不懂得观察别人的颜色，把很多人不敢讲的，不愿讲的都讲出来了。她得到过一些拥护，常常有些医生，有些看护来看她，找她谈话，尤其是病员。病员们也听说了她常常为了他们的生活管理，和医疗的改善与很多人冲突，他们都很同情她。但她已经成为医院里小小的怪人，被大多数人用异样的眼睛在看着是不成问题了的。

其实她的意见已被大家承认是很好的，也绝不是完全行不通，不过太新奇了；对于已成为惯例的生活中就太显的不平凡。但作为反对她的主要理由便是没有人力和物力。

而她呢，她不管，只要有人一走进产科室，她便会指点着："你看，家具是这样的坏。这根唯一的注射针已经弯了，而医生和院长都说要学着使用弯针。橡皮手套破了不讲它，不容易补，可是多用两三斤炭是不可以的。这房子这样冷，如何适合于产妇和落生婴儿……"她带着人去巡视病房，好让人知道没有受过教育的看护是不行的。她形容这些病员的生活，简直是受罪。她替她们要清洁的被袄，暖和的住室，滋补的营养，有次序的生活。她替他们要图画、书报，要有不拘形式的座谈会，和小型的娱乐晚会………

听的人都很有兴趣的听她讲述，然而除了笑一笑以外再没什么有用处的东西。

然而也绝不是毫无支持，她有了两个朋友。她和黎涯是在很融洽的第一次的接谈中便结下了坚固的友谊。这位在外科室做助手的同属于南方的姑娘，显得比她结实、单纯、老练。她们两人谈过去、现在、将来，尤其是将来。她们织着同样的美丽的幻想。她们评鉴着在医院的一切人。她们奇怪为什么有那末多的想法都会一样，她们也不去思索，便又谈下去了。

除了黎涯之外，还有一位常常写点短篇小说或短剧的外科医生郑鹏。他在手术室里是位最沉默的医生。他不准谁多动一动。有着一副令人可怕的严肃面孔,他吝啬到连两三个字一句的话也不说,总是用手代替说话。可是谈起闲天来便漫无止境了,而且是很长于描绘的。

每当她在工作的疲劳之后,或者当感觉到在某些事上,在某些环境里受着一些无名的压迫的时候,总不免有些说不出的抑郁,可是只要这两位朋友一来,她可以任情的在他们面前抒发,她可以稍稍把话说的尖刻一点,过分一点,她不会担心他们不了解她,歪曲她,指摘她,悄悄去告发她。她的烦恼便消失了,而且他们计划着,想着如何把环境弄好,把工作做的更实际些。两个朋友都说了她,说她太热情,说热情没有通过理智便没有价值。

她们也谈医院里发生的一些小新闻,譬如林莎到底会爱谁呢?是院长,还是外科主任,还是另外的什么人。她们都讨厌医院里关于这新闻太多或太坏的传说,简直有故意破坏院长威信的嫌疑,她们常常为院长和林莎辩护,然而在心府里,三个人同样讨厌着那善于周旋的女人,而对院长也毫不能引起尊敬。尤其在陆萍,几乎对林莎有着不可解释的提防。

医院里还传播着指导员老婆打了张芳子耳光的事。老婆到卫生部去告状,所以张芳子便被调到兵站上的医务所去了。而且大家猜测着她在那里也住不长。她会重复着这些事件。

医院里大家都很忙,成天嚷着技术上的学习,常常开会,可是为什么大家又很闲呢,互相传播着谁又和谁在谈恋爱了,谁是党员,谁不是,为什么不是呢,有问题,那就有嫌疑!……

现在也有人在说陆萍的闲话了,已经不是关于那些建议的事,她对于医院的制度、设施,谈得很多,起先还有人说她放大炮,说她热心,说她爱出风头,慢慢也成了老生常谈,不大为人所注意。纵使她的话还有反响,也不能成为不可饶赦,不足以引起诽谤。可是现在为了什么呢,她竟常常被别人在背后指点着,甚至躺在床上的病人,也听到一些风声,暗暗的用研究的眼光来望她。

但敏感的陆萍却一点也没有得到暗示,她仍在兴致很浓厚的去照顾着那些产妇、那些婴儿,为着她们一点点的须索,去同管理员、总务处、秘书长,甚至院长去争执。在寒风里,束紧了一件短棉衣,从这个山头跑到那个山头,脸都冻肿了。脚后跟常常裂口。她从没有埋怨过。尤其是夜晚。有大半数的夜晚她得不到整晚的睡眠,有时老早就有一个产妇等着在夜晚生,有时半夜被人叫醒,那两位看护的胆子很小,黑夜里不敢一人走路,她只好就在那可以冻死人的深夜里到厨房去打水。接产室虽然烧了一盆炭火,而套在橡皮手套的手,常常冰得发僵,她心里又急,又不敢露出来,只要不是难产,她就一个人做了,因为主任医生住得很远,她不愿意在这样的寒夜里去惊醒他。

她不特是对她本身的工作,仍然抱着服务的热忱,而且她很愿意得到更多的经验在其它的技术上,所以她只要逢到郑鹏施行手术的时候,恰巧她又没有工作,她便一定去见习。她以为外科在战争时期是最需要的了。假如她万不得已一定要做医务工作的时候,做一个外科医生比做产婆好得多,那末她可以到前方去,到枪林弹雨里奔波忙碌,她总是爱飞。总不满于现状。最近听说郑鹏有个人开刀,她正准备着如何可以使自己不失去这一个机会。

四

记挂着头天晚上黎涯送来的消息，等不到天亮就醒了。也因为五更天特别冷，被子薄，常常会冷醒的。一醒就不能再睡着。窗户纸透过一层薄光，把窑洞里的物件都照得很清楚。她用羡慕的眼光去看对面床上的张医生的老婆。她总像一个在白天玩的太疲倦了的孩子似的那末整夜喷着平匀的呼吸，她也同她一样有着最年轻的年龄，她工作得相当累，可是只有一觉好睡，她记得从前睡也会醒，却醒的迷迷糊糊，翻过身，挡不着瞌睡的一下就又睡着了。然而睡不着，也很好，她便凝视着淡白的窗纸而去想起许多事，许多毫不重要的事，平日没有时间想这些，而想起这些事的时候，却是一种如何的享受啊！她想着南方的长着绿草的原野，想着那些溪流，村落，各种不知名的大树。想着家里的庭院，想着母亲和弟弟妹妹，家里屋顶上的炊烟还么？屋还么？人到何处去了？想着幼小时的伴侣，那些年轻人跑出来没有呢？听说有些人是到了游击队……她梦想到有一天她到那地方，她呼吸着那带着野花、草木气息的空气，她被故乡的老人们拥抱着，她总希望还能看见母亲。她离家快三年了，她刚强了许多，但在什么秘密的地方，却仍需要母亲的爱抚阿！……

窗户外无声的飘着雪片，把昨天扫开的路又盖上了。催明的雄鸡，远近的啼着，一阵阵的号音的练习，隐隐约约传来。于是她便又想着一个问题："手术室不装煤炉如何成呢？"她烦恼着院长了,他只懂得要艰苦艰苦,却不懂医治护理工作的必需有的最低的条件。她又恨外科主任,为什么她不固执着一定要装煤炉,而且郑鹏也应该说话,这是他们的责任,一次两次要不到,再要下呀!她觉得非常的不安宁,于是她爬了起来,她轻轻的生火,点燃灯,写着恳求的信去给院长。她给黎涯也写了一个条子,叫她去做鼓动工作,而她上午是不能离开产科病室的。她把这一切做完后,天便大亮了,她得紧张起来,她希望今天下午不会有临产的妇人,她带着欢喜的希企要去看开刀啊!

黎涯没有来,也没有回信。她忙着准备下午手术室里所需要的一切。假如临时缺少了一件东西,而影响到病人生命时,则这责任应该由她一个人负担。所以她得整理全个屋子,把一切都消毒过,都依次序的放着,以便动用时的方便。她又分配了两个看护的工作,叮咛着她们应该注意的地方,她是一点也不敢懈怠的。

郑鹏也来检查了一次。

"陆萍的信你看看好么?"黎涯把早晨收到的纸条给他。"我想无论如何在今天是不可能。也来不及。所以我并没有听她的话,不过假如太冷,我以为可以缓几天再动手术。这是要你斟酌的。"

郑鹏把纸条折好后还了她。没有暴露什么,皱了皱眉头,便又去审视准备好了的那些刀、钳子、剪子。那精致的金属的小家具,凛然的放着寒光,然而在他却是多么熟悉和亲切。他把一切都巡视了一遍之后,向黎涯点了点头,意思是说:"很好"。他们在这种时候,便只是一种工作上的关系,他下命令,她服从,他不准她有一点作为朋友时的顽皮的。最后,在走出去时,才说:"两点钟请把一切都弄好。多生一盆火。病人等不得我去安置火炉。"

一吃过午饭,陆萍便逃也似的转过这边山头来。

黎涯也传染了那种沉默和严肃。她只向她说病人不能等到装置火炉。她看见手术室里已经有几个人。她陡的被一种气氛压着,无言的去穿好消毒的衣帽。

病人在肋下的肚腹间中了一小块铁,这是在两月前中的炸弹,曾经在他身上取出过12块,只有这一块难取,曾经取过一次,没有找到。这是第二次了,因为最近给了他些营养,所以显得还不算无力。他能自己走到手术室来,并且打算把盲肠也割去。不过他坐上床时脸色便苍白了。他用一种恐怖而带着厌倦的眼光来望着这群穿白衣的人。他颤抖着问道:"几个钟头?"

"快得很。"是谁答应了他。但陆萍心里明白医生向病人总是不说真话的。

郑鹏为着轻便,只穿一件羊毛衫在里边。黎涯也没有穿棉衣。大家都用着一种侍候神的那末虔诚和谨慎。病人躺在那里了。他们替他用药水洗着。陆萍看见原来的一个伤口,有一寸长的一条线,郑鹏对她做了一个手势,她明白要她帮着看护滴药。科罗芳的气味她马上呼吸到了。但那不要紧,她只能嗅到一点,而数着数的病人,很快就数不出声音来了。

她看见郑鹏非常熟练地去划着,剪着,翻开着,紧忙的用纱布去拭干流着的血,不断的换着使用的家具,黎涯一点也不紊乱的送上每一件。刀口剪了一寸半,红的、绿的东西都由医生轻轻的从那里托了出来。又把钳子伸进去,他在找着,找着那藏得很深的一块铁。

房子里烧了三盆木炭火,却仍然很冷。陆萍时常担心着把肚子露在外边而上了蒙药的病人。她一点不敢疏忽自己的职守。她时时注意着他的呼吸和反应。

医生又按着,又听,又翻开很多的东西,盘结在一起,微微的蒸气从那翻开的口中望外冒,时间过去快半点钟了,陆萍用着担心的神色去望郑鹏,可是他并没有理会她,他又把刀口再望上拖长些,重新在靠近肋骨的地方去找。而血仍在有的时候流出,他仍得拭去它。病人脸色更苍白,她很怕他冷,而她自己却感到有些头晕了。

房门关得很严密,又烧着三盆熊熊的炭火。陆萍望着时钟焦急起来了。已经有三刻钟了,他们有七个人,这末被关在一间不通风的屋子里,如何能受呢?

终究那块铁被他用一根最小的钳子夹了出来,有一粒米大,铁片周围的肉只有一点点地方化了脓。于是他又开始割盲肠。陆萍觉得实在头晕得厉害,但她仍然支持着,可是在这时黎涯却忽然靠在床上不动了。她因为在这间屋子里登的很久,炭气把她熏坏了。

"扶到冷院子里去。"郑鹏向着两个看护命令着。另外那两个医生马上接替了黎涯的工作。陆萍看见黎涯死人似的被人架着拖出去,她泪水涌满了眼睛,她不知道她还会活不会活,只想跟着出去看,可是她明白她在管着另一个人的生命。她不能走。

郑鹏的动作更快,但等不到他完毕,陆萍也支持不住的呻唤着。"扶她到门口,把门开一点缝。"

陆萍躺倒在门口。然而却清醒了一些。她挥着手喊道:

"进去!进去!他一人不行的。"

于是她一人在门口往外爬,她想到黎涯那里去。两个走回来的看护,把她拉了一下又放下了。

她没有动。雪片飞到她脸上。她发抖,牙齿碰着牙齿,头里边有东西猛力往外撞。不知道睡了好久,她听到很多人走到她身边,她意识到是把病人抬回去。她心想天已经不早了。应该回去睡,但又想她要去看黎涯,假如黎涯有什么好歹,啊!她是那末的年青呀!

冷风已经把她吹好了,但一种激动和虚弱主宰着。她飘飘摇摇在雪地上奔跑,风在她周围叫,黄昏压了下来,她满挂着泪水和雪水,她哭喊着:"就这末牺牲了么?她的妈妈一点也不知道的呵!……"

她没有找到黎涯,却跑回自己的窑。她已经完全清楚,她需要静静的睡眠,可是被一种不知是什么东西压迫着,忍不住要哭要叫。

病人都挤在她屋子里,做着各种的猜测,有三四床被子压着她,她仍在里面发抖。

到十一点,郑鹏带了镇静剂来看她。郑鹏一样也头晕得利害,但他却直支持到把手术弄完。他到无人的雪地山坡上坐了一个钟头,使自己清醒,然后才走回来,吃了些热开水。他去看黎涯,黎涯已经很好的睡了。他又吃了点东西,便带着药片来看她。

陆萍觉得有朋友在身边,更感到软弱,她不住的嘤嘤的哭了起来,她只希望能见到她母亲。倒在母亲的怀里痛哭才好。

郑鹏服侍她把药吃好后才回去,她是什么时候睡着了的呢,谁也不知道。然而即使在第二天,连黎涯也走过来看她的时候,她还没有起来,她对黎涯说,似乎什么兴趣都没有了,只想就这末躺着躺着不动腰。

五

陆萍像害了病似的几天没有出来,而医院里的流言却四处飞。这些话并不相同。有的说她和郑鹏在恋爱,她那夜就发疯了,现在还在害相思病。有的说是组织不准他们恋爱,因为郑鹏是非党员,历史不明……

陆萍自己无法听这些,她只觉得自己脑筋混乱。现实生活使她感到太可怕。她想着为什么那晚有很多人在她身旁走过,却没有一个人援助她。她想着院长为节省几十块钱,宁肯把病人、医生、看护来冒险。她回省她日常的生活,到底于革命有什么用?革命既然是为着广大的人类,为什么连最亲近的同志却这样缺少爱。她踌躇着,她问她自己,是不是我对革命有了动摇呢。

旧有的神经衰弱症又来缠着她了,每晚都失眠。

支部里也有人在批评她了。小资产阶级意识,知识分子的英雄主义、自由主义等等的帽子都往她头上戴,总归就是说党性不强。

院长把她叫去说了一顿。

病员们也对她冷淡了,说她浪漫。

是的，应该斗争呀！她该同谁斗争呢？同所有人吗？要是她不同他们斗争，便应该让开，便不应该在这里使人感到麻烦，那末，她该到什么地方去？她拼命的想站起来，四处走走，她寻找着刚来的这股心情。她成天锁紧了眉毛在窑洞里冥想。

郑鹏、黎涯两人也奇怪着为什么她一下就衰弱下去。他们常常来同她谈天，替她减少些烦闷，而谴责却更多了。甚至连指导员也相信了那些谣传而正式的责问她，为恋爱而妨害工作是不行的。

这样的谈话，虽使她感到惊讶与被侮辱，却又把她激怒起来了，她寻仇似的四处找着缝隙来进攻，她指摘着一切。她每天苦苦寻思，如何能攻倒别人，她永远相信，真理是在自己这边的。

现在她似乎在为另一种力量支持着，只要有空便到很多病房去，她搜集着许多意见，她要控告他们。她到了第六号病房，那里住得有一个没有脚的害疟疾病的人。他没有等她说话，就招呼她坐下，用一种家里人的亲切来接待她。

"同志！我来医院已经两个多星期了，听到些别人说你的事，那天就想和你谈谈，你来得正好，你不必同我客气，我得靠着才能接待你。我的双脚都没有了。"

"为什么呢？"

"因为医务工作不好，没有人才，冤冤枉枉就把双脚锯了。"

"这是什么时候的事。"

"三年了。那时许多夜都只想自杀。"

陆萍不懂得如何安慰他，便说："我实在登不下去了。我们这医院像个什么东西！"

"同志，现在，现在已算好的了。来看，我身上虱子很少，早前我为这双脚住在医院里，几乎把我整个人都喂了虱子呢，你说院长不好，可是你知道他过去是什么人，是不识字的庄稼人呀！指导员不过是个看牛娃娃，他在军队里长大的，他能懂得多少？是的，他们都不行，要换人，换谁，我告诉你，他们上边的人也就是这一套。你的知识比他们强，你比他们更能负责，可是油盐柴米，全是事务，你能做么？这个作风要改，对，可是那末容易么？……你是一个好人，有好的气质，你一来我从你脸上就看出来了。可是你没有策略，你太年轻，不要急，慢慢来，有什么事尽管来谈谈，告告状也好，总有一点用处。"他呵呵的笑着，望着发愣的她。

"你是谁？你怎么什么都清楚。我要早认识你就好了。"

"谁都清楚的，你去问问伙夫吧。谁告诉我这些话的呢？谁把你的事告诉我的呢？这些人都很明白的，你应该多同他们谈谈才好。眼睛不要老看在那几个人身上，否则你会被消磨下去的。在一种剧烈的自我的斗争环境里，是不容易支持下去的。"

她觉得这简直是个怪人，她便不离开，他像同一个别的小弟妹们似的向她述说着许多事。一些属于看来太残酷的斗争。他解释着，鼓励着，耐心的教育着。她知道他过去是一个学生，到苏联去过，现在因为残废了只编一些通俗读本给战士们读。她为他流着泪，而他却似乎对本身的荣枯没有什么感觉似的……

没有过几天,卫生部来人找她谈话了。她并没去控告。但经过几次说明和调查,她幸运地是被了解着的。而她要求再去学习的事也被准许了。她离开医院的时候,还没有开始化冰,然而风刮在脸上已不刺人。她真真的用了迎接春天的心情来离开这里的。虽说黎涯和郑鹏都使她留恋,她却只能把那个没有脚的人向她谈的话而转赠给他们。

新的生活虽要开始,然而还有新的荆棘。人是要经过千锤百炼而不消溶才能真真有用。人是在艰苦中成长。

大起大落——莎菲女士的命运

杨桂欣

《莎菲女士的日记》是丁玲的第二篇小说,也是她的成名之作,使她在中国新文学史上占有一席之地。这篇小说发表在叶圣陶先生主持笔政的《小说月报》1928年2月10日出版的第19卷第2号的头条。从这时候开始,在头三十年岁月中,莎菲女士是非常幸运的,说是大红大紫似乎也是可以的。

莎菲女士尚在"母腹"之日,就有好运在等着她。这需要从丁玲的第一篇小说《梦珂》的发表说起。1927年秋天,丁玲蛰居在北京,开始写小说。她后来说过:"我那时为什么去写小说,我以为是因为寂寞。对社会的不满,自己生活的无出路,有许多话须要说出来,却找不到人听,很想做些事,又找不到机会,于是为了方便,便提起了笔,要代替自己来给这社会一个分析,因为我那时是一个很会牢骚的人,所以《在黑暗中》，不觉的也染上了一层感伤。因为我只预备来分析，所以社会的一面是写出了，却看不到应有的出路。何丹仁先生（即冯雪峰，本文作者注）对于这时期的所给的严厉的批判，在我刚刚看到还有点不服，几次反省之后也就承认了。所以虽说《在黑暗中》我写得比较用心，而且还曾给我许多愉快，却不能不承认这是领有着一个很坏的倾向的。"这是丁玲在1933年4月间写的《我的创作生活》一文中说的。

《梦珂》写好以后，丁玲的丈夫胡也频要她就在北京投稿，她在这里有一些文友，不愁找不到发表的地方。可是，丁玲执意舍近求远，寄给在上海出版的《小说月报》，因为她知道这是文学研究会办的刊物，而文学研究会是主张文学"为人生"的。叶圣陶先生和他的挚友徐调孚先生从自发来稿中发现了《梦珂》，把它发表在1927年12月10日出版的《小说月报》第18卷第12号的头条位置上。这时候，叶徐二位先生根本不知道丁玲是什么人。决定发表《梦珂》的时候，叶先生情真意切地给丁玲写了一封信，既告诉她《梦珂》即将面世，又嘱咐她认真地写，快写多写，写好了就给他寄去！

《莎菲女士的日记》发表的时候，冯雪峰正在上海，他特地给丁玲写了一封长信，告诉她上海的编辑家和著作界如何四处探问丁玲这个刚刚在刊物上露面的新人，以此鼓励丁玲。他还告诉丁玲：他读《莎菲女士的日记》的时候，情不自禁地哭了，为一代苦闷的女性而流泪。同时，他也直率地告诉丁玲：莎菲太消沉了，太虚无了，作为文学的倾向是不好的。当时，丁玲觉得："在一片赞赏声中，在不少的完全同情的来信中，读到一个真正友人的忠告，我感到特别亲切。"

丁玲没有辜负叶圣陶先生的殷切期望，1928年春天，她在杭州写完短篇小说《暑假中》，也给了《小说月报》，被刊发在1928年5月10日出版的《小说月报》第19卷第5号的头条。同年夏天，她写了短篇小说《阿毛姑娘》。叶圣陶先生收到以后，仍然决定在头条位置发表，并给丁玲写信，问她愿意不愿意把《梦珂》《莎菲女士的日记》《暑假中》和《阿毛姑娘》等四篇小说收在一起，由章锡琛先生主持，他也在其中工作的开明书店出版发行。这消息，使丁玲大喜过望，她没有想到自己刚刚写了四篇小说，在文学创作上还只是一个学徒工，就有这种幸运！除了对叶先生怀着满腔的感激之情以外，还能有什么意见呢？！

丁玲把这四篇小说以《在黑暗中》为书名，于1928年10月由开明书店出版出行。为什么要取《在黑暗中》为书名呢？丁玲说，是因为所写的主人公都是在黑暗中生活、挣扎，她们都没有看见光明的前途；作者没有表扬她们，更没有把她们树为什么典范，只是写了她们的可怜的生活，没有鼓吹她们。

《在黑暗中》面世不久，1930年7月1日出版的《妇女杂志》第16卷第7期，刊登了毅真先生的《当代中国女作家论》一文，其中谈到丁玲时，热情洋溢地写道："丁玲女士是一位新进的一鸣惊人的女作家。自从她的处女作《梦珂》《莎菲女士的日记》《暑假中》《阿毛姑娘》等在《小说月报》上接连发表之后，便好似在这死寂的文坛上，抛下一颗炸弹一样，大家都不免为她的天才所震惊了。""这四篇之中，最能代表丁玲女士的作风，同时，也最能代表她时代上的位置的，也就是她的作品中一篇最精彩的，自然要推《莎菲女士的日记》

了。"莎菲女士的"恋爱的故事，绝不是平平凡凡的你爱我，我也爱你的故事，也不是你爱我，我不爱你，或我爱你，你不爱我的Trouble，更不是简单的几角恋爱。她的爱的见解，是异常的深刻而为此刻以前的作家们所体会不到的。"

1933年5月14日，丁玲在上海被国民党特务机关秘密绑架，传说她已经被害，报刊上发表了不少丁玲被害的消息，有的地方还召开了丁玲追悼会。鲁迅先生于6月下旬写了《悼丁君》一诗："如磐夜气压重楼，剪柳春风导九秋。瑶瑟凝尘清怨绝，可怜无女耀高丘。"

为了抗议国民党政权迫害作家，茅盾先生写了《女作家丁玲》，发表在1933年7月15日出版的《文艺月报》上。他说："1927年，丁玲发表了她的第一篇小说，那时她始用'丁玲'这笔名。这个名字，在文坛上是生疏的，可是这位作者的才能立刻被人认识了。接着她的第二篇小说《莎菲女士的日记》也在《小说月报》上发表，人们于是更深切地认识到一位新起的女作家在谢冰心女士沉默了的那时以一种新的姿态出现于文坛。在《莎菲女士的日记》所显示的作家丁玲女士是满带着'五四'以来时代的烙印的；如果谢冰心女士作品的中心是对于母爱和自然的赞颂；那么，初期的丁玲的作品全然和这些'幽雅'的情绪没有关涉，她的莎菲女士是心灵上负着时代苦闷的创伤的青年女性的叛逆的绝叫者。莎菲是一位个人主义，旧礼教的叛逆者；她热爱着而又蔑视她的怯弱的矛盾的灰色的求爱者，然而在游戏式的恋爱过程中，她终于从腼腆拘束的心理摆脱，从被动的地位到主动的，在一度吻了那青年学生的富于诱惑性的红唇以后，她就一脚踢开了他的不值得恋爱的卑琐的青年。这是大胆的描写,至少在中国那时的女性作家中是大胆的。莎菲女士是'五四'以后解放的青年女子在性爱上的矛盾心理的代表者!"

茅盾先生在《女作家丁玲》一文中继续指出:"那时中国文坛上要求着比《莎菲女士的日记》更深刻更有社会意义的创作。中国的普罗革命文学运动正在勃发。丁玲女士自然不能长久地站在这空气之外。"接着,他论述了丁玲的长篇小说《韦护》《一九三〇年春上海》,特别是她的中篇小说《水》,指出"《水》在各方面都表示了丁玲的表现才能的更进一步的开展……这篇小说的意义是很重大的。不但在丁玲个人,或文坛全体,这都表示了过去的'革命与恋爱'的公式已经被清算!"丁玲被绑架之际发表在《现代》上的短篇小说《奔》,茅盾先生也注意到了,说"这里描写了农村经济破产下的农民到大都市里找工作,可是大都市里也挤满了失业者,于是他们不得不再回老家去,可是他们坚决的说:不能再忍受地主的剥削了!此外,丁玲又写了长篇小说《母亲》,据说尚差万把字没有完篇可是她就××了!"对丁玲充满了惋惜和怀念之情。

值得庆幸的是,茅盾先生等对丁玲在《莎菲女士的日记》前后的创作所做的充分肯定和科学评价,都由我们中国的文学史家写进了他们的著作,主要的有:

(1)1951年9月,开明书店出版的王瑶先生的《中国新文学史稿》;(2)1955年7月作家出版社出版了丁易先生的《中国现代文学史略》;(3)1956年作家出版社出版了刘绶松先生的《中国新文学史初稿》。这三部文学史都论述了丁玲从《莎菲女士的日记》到《太阳照在桑干河上》的创作,肯定了丁玲在中国新文学史上不可或缺的地位。

不仅如此，《莎菲女士的日记》还飞到了全世界，它使丁玲成了世界知名的作家，从那时开始，在很多国家都有研究丁玲生平和她的创作的专家和学者，其论著层出不穷。美国纽约弗雷德里克·昂加尔公司1967年至1975年出版《20世纪世界文学百科全书》，其中用相当篇幅介绍丁玲，说："早期被评论界誉为'新中国的女战士'的丁玲和她同时代的许多作家一样，后来自然而然地被摈弃于共产党创作圈之外。然而，丁玲作为一个20世纪最有力量、最活跃的作家，在中国文学史上，仍占据着一个显著的位置。"①

莎菲女士命运的大转折、大劫难，缘于1957年如火如荼的"反右派"运动。

在"反右派"运动中，丁玲无端地被划为右派，而且还是"丁玲、陈企霞、冯雪峰右派反党集团"的头目。于是，周扬在"反右派"运动的总结报告《文艺战线上的一场大辩论》中，特别提到《莎菲女士的日记》，说什么"要了解丁玲的性格和思想，读一读她三十年前的这篇成名之作，倒是很有帮助的。书中的主人公是一个可怕的虚无主义的个人主义者。她说谎、欺骗、玩弄男性，以别人的痛苦为快乐，以自己的生命为玩具。这个人物虽然以旧礼教的叛逆者的姿态出现，实际上只是一个没落阶级的颓废倾向的化身。"

---

① 引自《丁玲研究在国外》第394页。该书为孙瑞珍和王中忱编，1985年3月由湖南人民出版社出版。

大家都知道，周扬的《文艺战线上的一场大辩论》是受到最高领导毛泽东主席赞赏的，而且，他老人家还给它润饰了一番。上面引的，是不是毛主席加上去的，周扬没有说，人们无法知道。但是，差不多就在周扬写作《大辩论》的宏文时，毛泽东主席为《文艺报》特地开辟的《再批判》专栏改写的按语，人们便非常清楚毛泽东主席对丁玲等作家的态度了！他说，丁玲在延安时期写的《三八节有感》和王实味的《野百合花》，以及萧军的《论同志之"爱"与"耐"》，还有艾青的《了解作家，尊重作家》，等等，都是"以革命者的姿态写反革命的文章"，并且在毫无真凭实据的情况下，说"丁玲在南京写过自首书，向蒋介石出卖了无产阶级和共产党"。于是，不但丁玲本人成了十恶不赦的罪人，连她所有的作品，都成了封条的对象：不许出版社再版重印，不许书店销售，不许图书馆借阅……到了"文化大革命"当中，连她的《太阳照在桑干河上》的纸型也被命令毁掉了！这是真正的"全面专政"，不能不令人想起丁玲被国民党特务机关秘密绑架以后，1934年2月间，国民党中央宣传委员会发出密令，查禁图书149种，其中丁玲的《夜会》（现代书局出版）、《一个人的诞生》（新月书店出版）、《水》（新中国书店出版）、《韦护》（大江书店出版）等四种皆为禁止发售之书目；她的《一个女人》（中华书局出版）列入"暂缓发售之书目"，还有《自杀日记》（光华书局出版）、《在黑暗中》（开明书店出版），也列入"暂缓执行查禁之书目"。2月19日，国民党上海市党部搜查了25家书店，查禁这些图书。

然而，国民党这种倒行逆施，实际上是白费心机。到了

1936年4月，新兴书店便出版了由少侯编的《丁玲文选》，其中不但收了《莎菲女士的日记》，而且也收了《水》和《奔》等描写革命的作品。接踵而至的，有上海艺文书店出版的《丁玲文集》，上海全球书店的《丁玲代表作选》，等等。而在20世纪50年代中期，我们自己封杀了丁玲的全部作品之后，谁也不敢再版丁玲的作品。到了1979年，人民文学出版社准备再版《太阳照在桑干河上》，只好请社内工作人员自己，或找亲戚朋友献出所藏的这部作品。

1980年伊始，北京的大型文学双月刊《十月》全文重登《莎菲女士的日记》，并配发了北京大学的袁良骏先生写了《褒贬毁誉之间——谈谈〈莎菲女士的日记〉》的专篇评论文章。他在驳斥了对《莎菲女士的日记》的种种否定意见之后，强调指出："一个文学形象的价值，并不单纯取决于她（他）是否值得学习和仿效，而在于作者是否深刻地挖掘了她（他）的灵魂，是否通过她（他）充分展示了社会生活的复杂性，从而发人深思并给人以强烈的美感享受。正是从这个意义上，莎菲这个既背叛封建礼教、又惩罚'市侩'灵魂恶的叛逆女性，在中国现代文学史上便有了不可或缺、不能取代的典型意义。无疑，这个形象的塑造，大大丰富了我国文学艺术中各种典型人物的千姿百态的画廊。""文艺作品既然是文艺作品，就要有文艺的特点，就要有艺术的魅力。在这方面，《莎菲女士的日记》应该归入中国现代文学史上当之无愧的第一流作品之列。作家为了塑造莎菲的典型形象，成功地运用了多样的艺术表现手法，特别是'心理独白'的手法以及高度性格化的艺术语言，将一个莎菲写得栩栩如生，跃然纸上。这不仅表现了作

家突出的艺术才能,也表现了作家严肃的创作态度。"(1980年1月《十月》第1期)

《十月》的这一次义举,竟受到时任中国作家协会临时党组书记的指责。但是,谁也阻挡不了拨乱反正的历史潮流。《莎菲女士的日记》从此不仅成了读者们青睐的读物,而且是不少文学研究生写作论文的题材。

丁玲谈《莎菲女士的日记》

杨桂欣

丁玲在《我的自传》中说过:"我有这样一个看法,我顽固地认为,一个写文章的人,只需要写文章。写各种各样的人、事、心灵、感情,写尘世的纠纷,人间的情意,历史的变革,社会的兴衰,写壮烈的、哀婉的、动人心弦的,使人哭,使人笑,使人奋起,令人叹息,安慰人或鼓舞人的文章。总之,什么样的文章都可以写,只是不要絮絮叨叨地在读者面前表白自己,这是很乏味的。因此我拒绝过许多人,留下了一些使人不快的影子。"[①]

1979年初,丁玲刚刚回到北京,冤案的平反虽然肯定无疑,但"右派"的改正却"还需向几位过去的领导做思想工

---

① 《丁玲文集》第5卷第292页,湖南人民出版社1984年版。

作"①。这时候,她接受了香港《开卷》杂志记者冬晓的采访,答复提问时谈到了《莎菲女士的日记》,说:"关于'莎菲',我以为还是茅盾说得对,茅盾说莎菲女士是'心灵上负着时代苦闷创伤的青年女性的叛逆的绝叫者'。她是一个叛逆的女性,她有着一种叛逆女性的倔强。有人说那是性爱,莎菲没有什么性的要求嘛,她就是看不起那些人,这种人看不起,那种人她也看不起,她是孤独的,她认为这个社会里的人都不可靠。那么她是不是就这样活下去呢?她得活下去,必得活下去,还是要活,怎么办呢?最后,她说:悄悄地活下去,悄悄地死去吧!但她的精神,她的心灵并不甘心,所以她是苦闷的。她叫喊:我要死啊,我要死!其实她不一定死,这是一种反抗。那时候,这种女性,这种感情还是有代表性的。她们要同家庭决裂,又要同旧社会决裂,新的东西到哪里去找呢?她眼睛里看到的尽是黑暗,她对旧社会实在不喜欢,连同生活在这个社会中的人她也都不喜欢,不满意。她想寻找光明,但她看不到一个真正理想的东西,一个真正的理想的人。她的全部不满是对着这个社会而发的。""这是1927年写的东西,谁想到三十年后忽然发现这是一棵大'毒草',哈哈……"。

也许是因为老了,也许是针对某些人说"莎菲是鼓吹性爱",丁玲说"莎菲没有什么性的要求",显然不符合作品的实际。在作品中,莎菲女士一见到有着"丰仪"的南洋公子凌吉士便倾倒,便投入他的怀抱,甚至还想搬到离他近的地方去住,这难道不是莎菲对"性"的追求的表现吗?当她发现凌吉

---

① 《丁玲文集》第9卷第354页,湖南文艺出版社1995年1月版。

士的灵魂充满着铜臭,是一个地地道道的市侩,她便踢开了凌吉士,这是莎菲女士了不起的地方。她的性的要求是希望自己所爱的异性既具有"丰仪",又能够尊重女性的人格,尊重女性是和男人平等的真正的人;也就是说,莎菲的性爱是要求对方的"灵"与"肉"的统一,而不是根本"没有什么性的要求"。

1980年6月,丁玲同几名英国、日本和突尼斯的留学生谈自己的创作,由孙瑞珍、尚侠和王中忱整理,并经丁玲审阅、订正,以《丁玲谈自己的创作》[①]为题,发表在当年出版的《新苑》文学期刊第4期上,其中关于《莎菲女士的日记》,丁玲说:"过去已经有许多人发表了不少高明的见解。1957年有个叫姚文元的小编辑,投'左'倾之机,写了几篇文章,得到某些人的欣赏而跃上了文坛。他判决莎菲是玩弄男性。居然有些理论家和少数落井下石的人,跟着狂叫了一阵。直到现在还有人说,说得稍微好听些,莎菲是鼓吹性爱。我不明白这帮人口中的性爱是指的什么!当年莎菲也曾被围攻、批斗。有的图书馆现在还保存着这类材料。我真希望这些塞在莎菲档案里的材料可别毁了,因为它可以供以后年青的研究莎菲的人翻阅、引用、借鉴。现在也确有不少爱读书、肯用脑子的人,为莎菲鸣不平,想为莎菲平反,但自然还是阻碍重重。这些事我个人不想插手,我相信:'千秋功罪,自有人民评说。'也有

[①] 《丁玲谈自己的创作》,载《新苑》1980年第4期,是根据1980年6月丁玲与几名英国、日本、突尼斯留学生的谈话,由孙瑞珍、尚侠和王中忱整理的,经丁玲审阅、订正。

人说那个玩弄男性或者讲性爱的莎菲就是作者自己，要我去受莎菲的牵连，这很可笑。有些人读文学作品，都习惯从书中找一个影子，把自己或者把别人贴上去，喜欢对号入座。一部作品同作者本人的思想是否有因缘呢？一定有。作品就是作家抒发自己对人生、对世界、对各种事物的认识、感觉和评论，通过描述具体的人、事发展来表达。主人公不过成了作家创作中的一个工具，作者借他（或她）让读者体会出作者所要讲的话，怎么能简单地去猜测这是写的谁，而且就肯定是谁呢？一个作品里的人物是各种各样的，一个作家一生的作品里所描写的人物就更多了，即使是主要人物，也存在着千差万别的，怎么能恣意挑选，信口胡说，把作品中的人物贴在作家脸上去呢？我相信世界上有不少人会懂得创作，懂得作品与作家本人的正确关系，懂得通过创作理解作家的心灵深处和作品的成败得失。至于个别心怀叵测的小丑，就让他们披着皇帝的新衣去跳舞吧。"

"莎菲决不是丁玲!"
——丁玲写莎菲时的朋友这样说

杨桂欣

  1984年6月14日至23日,"全国首次丁玲创作研讨会"在厦门大学举行。丁玲写作《莎菲女士的日记》之前结识的好友徐霞村(本名徐元度,时任厦门大学教授),17日在会上做了题为《关于莎菲的原型问题》的发言。我忝列这次大会,聆听了徐老先生的这个发言。会议期间,徐老先生接受中国现代文学馆负责人杨犁和吴福辉的采访,为该馆提供了两盘录音资料。我未能旁听这次采访。好在徐老先生的女儿徐小玉把这两盘录音资料整理了出来,以《徐霞村访谈录》为题,发表在《新文学史料》1999年第2期,人们从徐老先生所谈丁玲写《莎菲女士的日记》前后的情况,尤其是丁玲的性格和气质,可以肯定"莎菲决不是丁玲"!何况,徐老先生还提供了莎菲的原型之一就是丁玲的同学杨没累女士呢。

1926年春天，徐霞村也像丁玲和胡也频一样，是文学青年。他最早跟北京的青年作家有来往的就是胡也频、沈从文这一群人。那时候，丁玲还没有写作。丁玲那时仅仅是作为胡也频的爱人——徐老先生特别解释说，那时"爱人"这个名称没有，但也不称太太，为什么呢？那时比现在我看更开通一些：新青年在一起同居了，不谈结婚不结婚，根本不举行结婚仪式。为什么呢？很简单，要求男女平等嘛！如果一结婚，丁玲就要改姓了，她得叫胡蒋冰之，把姓都改了，不干！你要叫丁玲胡太太，当然，要是生人叫她，她也不好意思说啦，其实，她不高兴。所以，那时好多人不结婚。当然，有些绅士派的人是要的，比如陈源（陈西滢）和凌淑华。

徐老先生接着说："丁玲那时穿得很干净、很朴素，人比较瘦，不是很瘦，但一点儿胖的意思也没有，留着个'童话头'，就像电影《青春之歌》里林道静的那种头。她不说话，有时出来一下，常是靠着火炉——北京那时叫洋炉子——坐着，拿着本书，听我们讲，后来熟了才慢慢讲话。"

1926年底，徐先生到上海去了，因为他的姑父病在上海，写信叫他一定得去看看。姑父去世后，姑母迁住到天津。徐先生写信告诉胡也频他在天津，胡也频很热情地回信说："欢迎你到我们这儿来住些日子！"于是，徐先生又到了北京。这时候，丁玲和胡也频住在汉园公寓（就是沙滩），房子比他们原先住的银闸公寓好得多。胡也频给他开了个房间，还替他包了饭。房子大概一个月两块多钱，饭四五块钱。徐先生在这里住了一个月。这个公寓的伙食看起来不错，每餐一荤、一素、一汤,实际上太难吃了!这时候,"丁玲常自己烧点东西,我们一块吃,烧只烧一两个菜,但是烧得还不错"。一个月后,徐先生回天津姑母家过春节了。徐先生回忆说:"刚刚过了春节,也频、丁玲他们去上海,路过天津。他们来看我,我当时住在姑母家一间摆点东西的房间,箱子很多。丁玲说:'这么多箱子啊?'我姑母这个人,老太婆嘛,舍不得丢东西,把箱子摞得好高。我骗他们说:'我结婚了嘛!'他们起初信以为真,要我给他们介绍新娘子,可我介绍不出来。他们说:'你这个人,说话太不可靠了!'他们住在客栈,我去看过他们。他们是坐船去上海的……又过了一两个月我也到了上海。我刚到那儿时,他们不在上海,在杭州住。他们住在葛岭,丁玲从那儿给我写了封信,说'葛岭静极了,静得能够使人听见那个静——好像一片树叶子掉下来都听得见'。那个时候杭州比较安静,葛岭现在也不是游人常去的地方。我后来才知道,那时他们住在葛岭山上十四号,我昨天谈到的杨没累、朱谦之,住在山下十四号。"

1928年天热时,丁玲和胡也频回到上海了,住在法租界花园坊附近。徐霞村先生住在上海四川北路一带,虹口。徐老先生回忆说:"我们那时经常碰头,大多是我去找他们,他们找我找不到,我是单身汉,整天不在家的。得了稿费有钱时,就到处去跑,没钱时才待在那儿写文章。大概平常是平均一个礼拜见一次,有时在他们那儿吃饭,有什么吃什么。从汉园公寓起,我们在一起无话不谈,那时的朋友在一起,不像后来这么有戒心,丁玲就给我说,我们那时在一起虽然时间不久,但那时青年朋友在一块是肝胆相照的,确实是无话不谈。我们不谈什么庸俗的东西,当然也不谈什么马列,什么理论,都是谈些比较严肃的问题,根本不谈'你这件衣服是在那儿买的?多少钱?'这类的。要是谈起谁的生活有困难时,也频就会说:'生活有困难,我这儿有十块钱,我们俩一人五块!'也频就是这么样个人,真是够朋友。我从来没有听到他背后说哪个朋友不好,没有听过,当面也罢背后也罢,碰到朋友的缺点,他笑笑,还不是讽刺的笑,就是笑笑。他实在是好朋友,因此,只要是认识他的人,都爱往他那儿跑,跑的人很多。"

这时候,冯雪峰也到了上海。起初,他不大去丁玲、胡也频处。徐老先生继续回忆说:"姚蓬子认识丁玲就在这个时期,好像是我带去的。丁玲这个人不大说话,但她说话比较说到点子上。她说:'姚蓬子这个人很特别,坐一会儿就打瞌睡了,嘴巴张得满大,口水流出来!'我们太熟了,丁玲比较爱说话了,但是来很多人时,她还是喜欢'听话'。她这个人虽然不爱说话,但看得出来她观察事情观察得非常深刻。也频比她说话多一点儿,但在他们两人中,我不怕也频而怕丁玲。因为她好像什么东西都看在眼里,我有什么缺点瞒不过她,我把她当'畏友'。丁玲开朗,但不狂放。她在情绪方面非常稳定,没有莎菲那种病态的神经质,你跟她谈点儿笑话,她不会像莎菲那样放在心上。她很敏感,但心怀坦荡。如果你说的话不合适时,她就会用湖南话说一句:'见鬼哟,你说的什么!'就完了,并不放在心上。"

丁玲被国民党特务机关秘密绑架以后,便和徐霞村先生失去了联系。1980年底,丁玲在乳腺癌手术之后准备去厦门疗养和写作。行前,老朋友楼适夷告诉她:徐霞村在厦门大学任教。她认为这是个令人快慰的消息,是她决心南行的一个动力。她一住进鼓浪屿的干部疗养院,便给徐霞村写了一封信,让负责接待的厦大教师庄钟庆带交。徐老先生读了她的信,就到鼓浪屿去看望她。半个世纪没见面,徐先生的容貌改了很多,丁玲认不出来。仅仅因为庄钟庆说了徐先生要来,才知道他是徐霞村!徐先生说:"我觉得她的样子除了头发花白了、脸上有些老态外,还是能认得出来。假如我在街上看到她,我能认出她来,她就不一定认得出我,大概是认不出。"

厦门大学决定举办"全国首次丁玲创作讨论会",使徐先生非常兴奋。他趁女儿徐小玉要去北京的机会,给丁玲捎了一封信,内容就是关于莎菲的原型问题,他准备就这个问题在讨论会上发言,以证明"莎菲就是丁玲"这一当时流传多年的论点是无稽之谈!

徐小玉是1984年4月14日晚上到达丁玲家里。丁玲看完信后很高兴,说她父亲是对此事最有发言权的人,并于第二天给老友徐霞村写了一封长达七页的信,其中说:"你是看见过丁玲本人的,又是写'莎菲'时的丁玲。你最有权威说出'丁玲就是莎菲'或'莎菲就是丁玲自己'的人了……我那时也还不能真正理解我自己的苦闷,我只好同情那些我所熟悉的老朋友,从朋友中拟出一个不安于现状、不安于流俗的受罪的灵魂。真正没有想到会引起这么长久的非议和赞赏。现在你这个老朋友要说话了,我是欢迎的。"

丁玲所拟出的一个不安于现状、不安于流俗的受罪的灵魂,到底是谁呢?她在这封长信中说得很清楚,主要就是杨没累。这封长信没有发表过,全文现在收在《丁玲全集》[①]第12

[①] 河北人民出版社于2000年出版。

卷中。不妨将这一段全录如下：

> 来信提到杨没累，我倒狠狠想到她了。她是一个有特色的、有个性的女性。我们在周南女中同学，她是高班生，我们几乎没有说过话；在岳云中学又同学，不同班次，但同宿舍，也还说得来，不亲密。1924年在北京，她已有爱人了。她原同国家主义派的几个才子，易君左、左舜生相熟，后来认识了朱谦之。朱谦之在那时写唯爱哲学，很合她的意。他们第一次见面，她什么都不说，带朱谦之去理发，再去洗牙。朋友要在她那里坐上十分钟了，就逐客，说："你们把我们的时间占去太多。不行。我还要同谦之谈话呢！"1928年我在杭州西湖时，我住葛岭山上十四号，他们住山下十四号，我常去看他们。他们还是像一对初恋的人那么住着，有时很好，有时吵吵，没累常对我发牢骚。他们虽然有时很好，但我也看出没累的理想没有实现。她这时病了，病人的心情有时也会引起一些变化，几个月后，她逝世了。我们都很难过。有天朱谦之激动地对我说："没累太怪了，我们同居四五年，到现在我们都还只是朋友、恋人，却从来没有过夫妇关系。我们之间不发生关系是反乎人性的，可是没累就这样坚持，就这样怪。"也许旁人不相信他这话，可是我是相信的，还认为很平常。因为那个时代的女性太讲究精神恋爱了。对爱情太理想。我遇见过一些女性几乎大半或多或少都有这样的情形。看样子极须要恋爱，但又不满意一般的恋爱。即使很幸福，也还感到空虚。感染到某些十九世纪末的感

伤,而又有二十世纪,特别是中国"五四"以后奋发图强的劲头,幻想很多,不切实际。我很想写这群女性。但用什么来表现这种思想,不如用恋爱来写更方便。所以写了几篇小说,大同小异的人物。你问我是谁做模特儿,这个我很难说。也许有杨没累,但又不是杨没累。我很理解这些女性,同情她们……

那个时候,我确有苦闷。但我是政治上的苦闷。我从1922年就去上海找革命的路。同一些共产党人做朋友,受过他们的影响,但又不满意那些刚刚做党员的党员们。他们的理论和实际都不能说服我,我从那个环境跑出来,谁知我却搁浅在北京。也频能爱我,但他在政治上不能做我的向导。我那时也还不能真正理解我自己的苦闷。我只好同情那些我所同情的老朋友,从朋友中凝结出一些不安于现状、不安于流俗的受罪的灵魂。……虽然我们那时聚首的时间不长,但那时我们这群年青人还是肝胆相照的。你不难理解我在那种情况中的心情和写作的动机。

我说得很多了。许久没有写长信了,今天特别因为你,引起我的回忆。匆匆潦草地写了这些。希望你在写文章时,或者讲话时,还是以你的印象为主,不要受我的这些话的拘束。

即此祝好!

丁玲1984年4月15日

贞贞——抗日烽火中的凤凰
——谈小说《我在霞村的时候》

杨桂欣

《莎菲女士的日记》刚刚发表,正在上海的冯雪峰给丁玲写了一封长信,告诉她上海的编辑家和著作界,还有不少的读者,纷纷打听丁玲是什么人,以此鼓励丁玲。他直言相告:他读《莎菲女士的日记》,情不自禁地流了眼泪!但同时也觉得莎菲太消沉、太虚无了,作为文学的倾向是不好的。当时,丁玲觉得"在一片赞赏声中,在不少的完全同情的来信中,读到一个真正友人的忠告,我感到特别亲切"。

1947年冯雪峰在上海为开明书店编辑《丁玲文选》,以《从〈梦珂〉到〈夜〉》为题的《后记》中,更加明确地指出:"建立在以《莎菲女士的日记》为代表的艺术的基础的作者,我们觉得碰着一个危机。这危机可以有三种出路,一是,照旧发展下去，依然和社会的前进革命的力量隔离着，写些在恋爱圈子内的充满着伤感、空虚、绝望的种种所谓灰色的游戏的作品；但这些作品将越写越无力，再也无法写出第二篇和《莎菲女士的日记》同样有力的东西来，那也是一定的，在她以前或同时就有类似的例子了。二是，不能再写了，就是说搁笔了。三是，和青年的革命力量去接近，并从而追求真正的时代前进的热情和力量（人民大众的革命力量）。这第三种是真的出路，并且也和已往的恋爱热情的追求连接得起来的，因为恋爱热情的追求是被'五四'所解放的青年们的时代要求，它本身就有革命的意义，而从这要求跨到革命上去是十分自然，更十分正常的事。所以这应当是一个转机。"

实现这个转机的基础和关键，是作家丁玲的革命实践。她从1936年冬天进入陕北革命根据地，到1940年底创作《我在霞村的时候》，整整四年了。这四年当中，她既跟随红军部队上前线，又率领八路军西北战地服务团战斗在山西省城乡和国民党在西北的大本营——陕西省西安市，积极宣传我们党的抗日主张和政策，同时她自己的意识的改造、思想的发展、艺术的成长，都和革命的斗争历史和革命人民的意识成长的历史，紧紧地融合在一起。正如她自己在谈到《我在霞村的时候》所说："30年代的时候，年纪轻，参加群众斗争少，从自己个人感受的东西多些。等到参加斗争多了，社会经历多了，顾虑的问题多了，在反映到作品中时，就会常常想到一个更广泛的社会问题。我写《我在霞村的时候》就是那样。我并没有那样的生活，没有到过霞村，没有见到这一个女孩子。这也是人家对我说的。有一个从前方回来的朋友，我们两个一道走路，边走边说,他说:'我要走了。'我问他到哪里去,干什么?他说:'我到医院去看两个女同志,其中有一个从日本人那里回来,带来一身的病,她在前方表现很好,现在回到我们延安医院来治病。'他这么一说,我心里就很同情她。一场战争啊,里面很多人牺牲了,她也受了许多她不应受的磨难,在命运中是牺牲者,但是人们不知道她,不了解她,甚至还看不起她,因为她是被敌人糟蹋过的人,名声不好听啊。于是,我想了好久,觉得非写出来不可,就写了《我在霞村的时候》。这个时候,哪里有什么作者个人的苦闷呢?无非想到一场战争,一个时代,想到其中的不少的人,同志,朋友和乡亲,所以就写出来了。"

1940年底,丁玲在延安写作《我在霞村的时候》。她先是以第三人称的写法描写主人公贞贞,写成之后,觉得不好,不亲切,毫不犹豫地把它撕了,作家本人换成了作品的人物之一"我",同贞贞直接接触。

1941年6月20日出版的延安的《中国文化》杂志第2卷第1期,照原稿发表了《我在霞村的时候》。当时,周扬读完给丁玲写信,说他读时"流过眼泪"。后来,他在主编《解放区短篇小说》,把丁玲的这篇作品置于卷首。

1944年,胡风在重庆编辑"七月文丛"的时候,以《我在霞村的时候》为书名,出版了丁玲短篇小说选。

1950年8月,北京的三联书店出版丁玲的短篇小说选,也是以《我在霞村的时候》为书名的。

冯雪峰在《从〈梦珂〉到〈夜〉》一文中,这样评论贞贞:"《我在霞村的时候》,作者所探究的一个'灵魂',原是一个并不深奥的,而不过有少许特征的灵魂罢了;但在非常的革命的展开和非常事件的遭遇下,这在落后的穷乡僻壤的小女子的灵魂,却展开出了她的丰富和有光芒的伟大。这灵魂遭受着破坏和极大的损伤,但就在被破坏和损伤中展开她的像反射于沙漠上面似的那种光,清水似的清,刚刚被暴风刮过了以后的沙地似的那般广;而从她身内又不断地生产出新的东西来,那可是更非庸庸俗俗和温温暾暾的人们所再能挨近去的新的力量和新的生命。贞贞自然还只在向远大发展的开始中,但她过去和现在的一切都是真的,她的新的巨大的成长也是可以确定的,作者也以她的把握力使我们这样相信贞贞和革命。"

冯雪峰的这篇文章写在国民党统治的上海,发表在1948年1月出版的《中国作家》第1卷第2期(后来收进《冯雪峰论文集》于1981年由人民文学出版社出版)。《我在霞村的时候》和冯雪峰的评论,没有受到封杀和打击。

《我在霞村的时候》遭劫罹难也是始于如火如荼的"反右派"斗争。

周扬在《文艺战线上的一场大辩论》中,声色俱厉地斥责丁玲"入党很久以后,特别是在革命根据地生活了几年以后,却写了像《我在霞村的时候》和《在医院中》这样的作品,就说明她的极端个人主义思想后来不但没有改好,反而发展到和工人阶级,和劳动群众尖锐对立的地步。《我在霞村的时候》这篇小说,把一个被日本侵略者抢去作随营娼妓的女子,当作女神一般地加以美化。值得注意的是,冯雪峰在《丁玲文集后记》中,却说作者所描写的这个'灵魂',是如何如何的'丰富和有光芒的伟大'。这就看出,他们的口味是如何相投了。"于是，贞贞这位在抗日烽火中再生的凤凰，又陷入了"左"的"大批判"的熊熊烈火之中，成了无产阶级专政的对象，其遭遇，比莎菲女士还要惨！

最狠毒的一把火，是《文艺报》1958年2月13日第3期上华夫的文章：《丁玲的"复仇的女神"——评〈我在霞村的时候〉》。他首先大骂贞贞"是一个丧失了民族气节、背叛了祖国和人民的寡廉鲜耻的女人。"至于"贞贞后来还是替党做过情报工作的"，华夫认为"问题也就在这里"！他认为"情报工作是绝对机密性的政治工作，是严重的政治斗争，党怎么能委托一个毫无民族气节、毫无政治觉悟的不可靠的人物来做这个工作呢？情报工作的说法，只是出于贞贞的自我夸耀（'后来我是被派去的，也是没有办法，我在那里熟，工作重要……'听这口气，好像还是党用大帽子逼着她干的！）翻遍小说，在霞村没有任何人可以证明这个说法的真实性。丁玲这样写，难道仅：因为她政治上的幼稚吗？不是的。她是努力为一个失节的女人做辩护，在叛徒的脸上擦脂粉；并且使读者得到这样一个暗示：你看，共产党多么冷酷无情啊！党'派'一个'小女子'到敌人那里搞情报，党逼着她干，这女子为党'工作'，蒙受了重大牺牲，弄得一身病，回来以后，大家都不谅解她！'做了女人真倒霉'！共产党不把女人当人看！——这是我们在《三八节有感》里面听惯了的谣言攻势。"当人们读了《我在霞村的时候》，就可以知道华夫的上述高论离开作品的实际到底有多么遥远！

更为狠毒的还在于华夫借《我在霞村的时候》，肆无忌惮地对作家丁玲进行人身攻击，诽谤诬蔑，无所不用其极。他十分得意地说:"当读者和我们一起把这篇小说的倾向性分析一遍之后,大家一定会发出会心的微笑:是的,我们懂得了丁玲为什么写这篇小说了。原来丁玲自己就曾经在南京自首变节,向蒋介石政府出卖了无产阶级和共产党,叛党以后,还和当了特务的丈夫继续同居。她向党隐瞒了她的叛变行为,装扮成一个英雄回到解放区。这些行为,和贞贞颇有些类似的地方。但丁玲的行为,不能不引起一些同志的怀疑。她自己心里有鬼,就特别怀疑周围的人把她看成贞贞似的人物。因此她写了这篇小说,按照自己的面貌刻画了一个'复仇的女神',用来咒骂一些人,争取一些人。她美化贞贞,就是美化她自己。她替贞贞作辩解,就是替她自己作辩解。贞贞的哲学,也就是丁玲自己的哲学。"

华夫就是张光年。

1981年,《中国现代作家作品研究资料丛书》开始编辑、出版。袁良骏负责《丁玲研究资料》,他要选编华夫的这篇文章。可是,张光年通过丛书的主编陈荒煤,硬是不许袁良骏如愿。结果,袁良骏只好在该书的《报刊上的丁玲研究资料目录索引》中把华夫的这篇大作列了进去,但读者却难于找到华夫的这篇"檄文",不能不说是一个遗憾。

打倒"四人帮"以后,1979年8月,丁玲在为人民文学出版社出版她的短篇小说选写《后记》时说:"我国的文学批评,向来不怎么开展。但我似乎还很有荣幸。我的小说刚问世,就得到一些批评,曾是我老师的茅盾同志,还有冯雪峰同志都给过我很大的鼓励。叶圣陶师更是全心支持我的写作。可是当我已多少年没有再写小说的时候,我的旧作《莎菲女士的日记》《我在霞村的时候》《在医院中时》,还有我的长篇小说、散文,却都被当成'毒草',遭到狂风暴雨般的指责,禁印禁读。原来曾写信给我说他读完《我在霞村的时候》流过眼泪的人,这时也表现出对这篇小说的深恶痛绝。原来写文章说我如何有才能的人,有时竟同善于投'左'倾之机的人一个腔调骂起我来了。作品是不怕批评的,但这种出自同一个人的反反复复的意见,的确使我糊涂起来。因此,我把《莎菲女士的日记》《我在霞村的时候》《在医院中》这三篇所谓'毒草''反动文章'都不作改动,收集在这本集子里,以求得广大读者的批评再批评。""听说最近的确有人写了再批评的文章,只是很不容易和读者见面。文章写得怎样,我不知道。我只希望,什么时候,我们的出版界,编辑部真正做到发扬民主,敢于做到百家争鸣就好了。"

1981年1月的《文艺论丛》第12辑,载有夏康达的《重评〈我在霞村的时候〉》一文,一开头就说:"认为这篇小说是'毒草'的,都认定贞贞是一个失节的女人、投敌变节分子或者叛徒,同时,他们又认定作者把贞贞写成一个英雄。把叛徒美化成英雄,当然是大'毒草'无疑了。"该文明确指出"这样的分析并不符合作品的实际情况"。从而肯定:"第一,贞贞不是叛徒。只要真正从作品所提供的形象来进行分析,而不是从既定的结论出发进行主观臆测,那么,贞贞的政治评价问题是不难解决的。作品交待得很清楚,贞贞是被敌人掳掠去的,后来即使成了随营妓女,一则她是被迫的,再则她也没有出卖什么人。何况后来她自己跑了回来,并且忍辱负重,为革命事业出了力。对这样遇到敌人蹂躏的弱者,按照我们党的政策,是不会把她们定为叛徒或投敌变节分子的。对贞贞的道德评价问题,则是比较复杂的。处于贞贞那样的境地,可以有这么几种做法:一是至死不屈,宁为玉碎,不为瓦全;一是同流合污,甘愿堕落为敌人的'慰劳品';再一就是像贞贞那样,委曲求全,最后伺机逃脱。对前两者,或褒或贬,是非分明;对贞贞这样的情况,就不是用简单化的方法能做出正确的褒贬的。有的批评者从女人的贞节和民族的气节两个方面来衡量贞贞,认为她是一个丧失了节操的女人。我认为,做出这样的评论必须考虑到一定的历史与社会条件,才能恰如其分。在旧社会,一个妇女由于生活所迫,被逼或被骗成为妓女,恐怕是不能一概而论以'失节'二字对她们做出道德谴责的吧?有些名作,写的恰恰是具有高尚的道德风貌的妓女。在侵略者的屠刀胁迫下被蹂躏的妇女,更不应以'失节'二字一概而论。如果要说她们失去了贞节,那是被暴力所剥夺的。贞贞的情况又更复杂一些。她被强奸之后又较长时间与敌人一起生活。这样的'生活'当然是在屠刀胁迫之下的,她内心是不愿的,行动上看来却是顺从的。她不是一个坚贞不屈的女子,而是一个被侮辱被蹂躏的弱者。

"第二,作者并没有把贞贞写成英雄。作品几乎用了一半篇幅来描写贞贞出场前的周围环境,着力渲染了带有某种神秘色彩的氛围,但这决不是为了提高人物的所谓'铺垫',而是表现具有这种特殊身份的人物必然会引起的社会反应。到底怎样看待贞贞——作品的环境渲染正是提出了这样一个疑问。这是抓住了要害的;若干年之后,不是霞村杂货铺的老板和井台边的村妇,而是我们文坛上的评论工作者们,不还在继续议论着这个问题吗？小说这样着意渲染，与其说使人感到有一个英雄人物要出场，毋宁说是有一个经历独特的'新闻人物'来到了。在这些议论声中，除了各种污蔑和责骂，也确实有人称贞贞为英雄。那是村上的青年干部马同志，他说：'刘大妈的女儿贞贞回来了，想不到她才是英雄呢。'这句话显然是对贞贞送情报的行为的赞扬。这个'英雄行为'在作品中也没有着力描写，只在贞贞讲述病情时提到一下，一共不到二百字，并未加以'突出'。事实上，作品对贞贞的描写是采取现实主义的态度，真实地展示了人物的精神世界的。"

夏康达认为，"《我在霞村的时候》可以看作丁玲创作道路上具有里程碑意义的作品之一。它体现了丁玲早期创作的艺术风格，显示了这种风格的特长，表现了丁玲到了革命根据地后作品题材和主题的新的开拓，同时也暴露了在新的生活领域中反映新的题材时，她原有的艺术风格已经难以适应了"。"她早期创作善于表现人物（尤其是女性）的精神苦闷和心灵创伤的选材特点也不可能一下子改掉。因此，她在延安初期的小说创作，仍较多地着眼于人物精神世界的矛盾，因而写出了《我在霞村的时候》这样着重表现带有深重的精神创伤的人物，同时也依然留存着早期作品常见的伤感色彩。"接着，夏先生指出了《我在霞村的时候》的缺点，说"小说描写贞贞'身内又不断地生长着新的东西来'，是完全合情合理的，但是，在表现这种'新的力量和新的生命'时，过分渲染了'更非庸庸俗俗和温温暾暾的人们所再能接近去'的这一面，怕是不能说很好地处理了贞贞与群众的关系。"这个批评是中肯的。夏先生还指出，"在抗日时期，中国人民深受侵略者烧杀掳掠之苦，许多妇女还遭到残暴的蹂躏。受害者受到深重的精神创伤，必然对敌人有更深的仇恨。作者正视现实，写出了《我在霞村的时候》这样的作品，在选材上是很有胆识的。贞贞这个人物，给读者留下的印象是那么深刻，她的遭遇令人扼腕，她的振作使人欣慰，然而，她的心灵的创伤，总是沉重地压在读者的心头。作品在表现这个题材时，仇恨表达得不够，感伤的成分却多了一些。处在当时这样的斗争环境中，作品的基调似以更多地突出仇恨的一面为宜。这应该说也是作品的不足之处"。

从80年代至今，关于《我在霞村的时候》的研究文章不少，都从不同的角度出发，论述了这篇作品的成就和不足，体现了"百家争鸣"的时代氛围。

特别值得提到的是日本的学者中岛碧女士，她在1980年写的长篇论文《丁玲论》中，提到《我在霞村的时候》写道："它用直截了当的方式提出批评和疑问。从这里可以看到丁玲所思索的问题，即一个有缺点、矛盾的人犯了错误，还要再爬起来，这本身具有什么意义呢？社会又将怎样对待她呢？这对于'人的解放'至今仍然是一个有着重要意义的问题。女主人公贞贞，过去曾被日本军拉走，强行做过'慰安妇'。后来却利用这种机会，为游击队提供情报。她似乎对自己的过去没有感到特别的羞愧，对敌人也没有表现出露骨的憎恨，看起来很平淡。然而作者认为，这是由于她明白辩解无用，恰恰说明她的心伤得很深。周围的人们没有意识到自己也有弱点、矛盾，却怀着一种无缘无故的优越感对犯了错误的人加以指责。精神上受伤的人只得沉默忍受。忍受着，向着自己的信念，忠实地锻炼、改造自己，仅此唯一的一条再生之路。作者通过贞贞的生活道路，说出了这番话。而且从想要重新站起的贞贞身上，看到了人的伟大和尊严。"[1]

---

[1] 见《丁玲研究资料》第548页，天津人民出版社1982年版。

陆萍——执着追求现代文明的改革家
——关于小说《在医院中》

杨桂欣

丁玲写这篇小说,开始于1941年的春天。这时候,她在延安县川口区的农村体验生活和创作。她回忆说:"抽芽的柳枝正挂在暖水沟的清流上,润湿的柔风吹着我的面颊,而那医院里的朔风和沟底下冻结了的溪流也跑到我的回忆中。于是我坐在岩石边,开始了我的小说。"

小说的主人公陆萍,是丁玲从自己的生活中得来并经过大大的改造的。

1938年7月底,丁玲率领八路军西北战地服务团完成了在山西省前线和国民党统治西北的大本营西安市宣传抗日、鼓舞士气的任务,从西安凯旋延安。11月,日寇飞机轰炸延安,西北战地服务团开赴晋察冀,丁玲没有随团出征,而是奉命到马列主义学院学习。1939年春天,她给"左联"时期的好朋友楼适夷写信说:"学校里冷得要命,没有火还是小事,每日不等天亮就出发到有雪的山沟里去防空。后来自习也在防空壕,冷风嗖嗖的吹到身上,有了火,我便一天二十四个钟头守在火边,于是痔疮大发,在学校里忍着痛苦,过了两个月,没有办法了只好到医院去施过两次手术,住了两个月,现在又依然故我地回来了……"

丁玲这时所住的医院叫拐峁医院,离延安约40里,是为躲避日寇飞机的轰炸而新建的一个医院。住院期间,一个叫余武一的助产士给丁玲留下了很深的印象。(这个余武一,据说新中国成立初期在上海工作,"反右派"运动之后,丁玲再也不知道她的下落!)丁玲说过:"这个女孩子有很大的热情和克己精神,但缺乏理智,好发议论,感情脆弱,容易感伤,并不使人欢喜……"丁玲常常鼓励她,要她理智些,坚强些,认清磨难。此后,余武一便常常萦绕在丁玲的怀想中,产生了把她写进小说里去的冲动,但又觉得"这人物并未成熟",只"像一个剪影或一尊塑像似的",所以把她在脑袋里停放了两年。后来,丁玲又接触了一些女孩子,她们的性格并不相同,但有一个共同之处,这就是"她们都富有理想,但缺少客观精神,所以容易失望,失望会使人消极冷淡,锐气消磨了,精力退化了,不是感伤,便会麻木"。丁玲喜欢她们的朝气,又讨厌她们那种脆弱,常常在复信中要求她们有吃苦如饴的决心,有下地狱的勇气,百折不挠,死而无悔。于是,她想"写一篇小说来说服与鼓励她们",写一个坚强的、战斗的、理智的女性,"能够迈过荆棘,而在艰苦中生长和发光"。丁玲说:"这个欲念发生之后，很自然的那个被冷淡了却生活在我脑子中有二年之久的女主人便活过来了。我便顺手使用了她。""陆萍是从那个真的产科助士变来，但她决不能像那个真的产科助士，她应该比她好，也不能是一个天生的完人，她可以有她的一些缺点，但她还有一些她没有的优点，以这些优点去克服那些缺点。不须要把她的外形写得很美丽或妩媚，因为她不是使用自己的性别或青春去取得微薄满足的人物。不要恋爱故事，因为她既不在恋爱中取得胜利，也不必做悲剧的角色。她不应该浅薄，也不应该感伤。她对生活是严肃而正视的……"

丁玲的这番构思很不错。但是，她写着写着却写不下去了！她说："我已经意识到我的女主人公，我所肯定的那个人物走了样，这个人物是我所熟悉的，但不是我理想的，而我却把她作为一个理想的人物给了她太多的同情，我很自然的这样做了，却又不愿意。""更使我不能续下去的是我已经看到故事的发展将离开我的原意，我如何能来自圆其说，这篇小说将在什么样的情形下来结束呢？"她不得不暂时放弃，把已经写好的小说原稿放到了箱子里，让它好好地睡觉吧。

1941年4月底，丁玲接到党中央负责人张闻天的通知，要她到即将创办的党中央机关报《解放日报》去主编文艺栏。紧张的新工作任务使她几乎无暇顾及自己的小说，但她还是偶尔拿出来看一看，改一改，1941年夏天，"花了三个晚上企图修改这篇小说而不可能"。

没过多久，陕甘宁边区文协整体转为全国文抗延安分会，并创办《谷雨》杂志，由艾青、舒群、丁玲和萧军等四人轮流编辑。杂志初办，急需稿子。丁玲手中没别的存货，只得拿出《在医院中时》加以修改！她和这篇小说确实是很有感情的！她说："于是在一个下午便努力继续下去，而把我怀念的梦秋同志（失去双脚的人）塞上去，做为了小说的结尾，用了还原的心情把稿子送到印刷厂。"1941年11月15日出版的《谷雨》创刊号发表了《在医院中时》。1942年8月重庆的《文艺阵地》第7卷第1期转载时，改题为《在医院中》。

1942年春天，延安开始整风。6月，延安文艺界的整风运动进入高潮，可谓大张旗鼓之时。6月10日，《解放日报》发表燎荧批评丁玲的《在医院中时》的文章：《人……在艰苦中生长》。他认为"作者的技巧是成熟老练的。对于陆萍这个形象的表达，不能不算是这篇小说的成功的一点"。但他同时认为这是一篇有缺陷的小说，"主要缺点是在于主题的不明确上，是在于对主人公的周围环境的静止描写上，是在于对主人公的性格的无批判上，而这结果，是在思想上不自觉的宣传了个人主义，在实际上使同志间隔膜"。

燎荧继续写道：

关于环境，"作者在小说里面的环境的安排，便是不正确的。作者为了表现她的人物，她是过分地使这个医院黑暗起来。在这里，显现它是一个恶劣的足以使人灰心堕落的环境，它是一个绞杀进步改革志愿的保守的环境，它是一个把人的'生命来冒险'的环境。……作者显然忘记了一个事实，忘记了她是在描写一个党的事业的医院，作者有意地不告诉我们：我们现在哪一方面都是真正地忍受着'人力和物力'的缺乏，作者反而把它（'没有人力物力'）当作荒唐的搪塞。因而，作者是在描写出了一个比以牟利为目的的旧式医院还要坏的医院"。

关于作者，燎荧说："《在医院中时》的作者，是被部分的现实（现象）所俘虏了，是被和她自己相同的人所俘虏了。她是站在小资产阶级知识分子的立场上，像陆萍就只有和她自己相同的朋友，带着陈腐的阶级的偏见，对和自己出身不同的人作不正确的观察，甚至否定。"燎荧认为作者丁玲对主人公是同情的，无批判的，对于主人公周围的人物是责备的、否定的。"作者是将个别代替了一般，将现象代替了本质。"

当时，在重庆的《新华日报》上，有人发表文章，说陆萍对于环境的看法，并不等于丁玲的看法。但是，丁玲说，无论批评者还是辩解者，"都不足以说明我。"为此，丁玲于1942年写了《关于〈在医院中〉》，没有发表。现在只有残稿。丁玲生前的秘书王增如写了读丁玲《关于〈在医院中〉》的草稿的感想和认识，发表在内部刊物《丁玲研究》2008年第1期。

燎荧文章终归还是文学评论，人们可以赞同它，也可以同他讨论《在医院中》这篇小说的成败得失。

问题出在1943年。这一年，延安的整风运动走上了"抢救失足者"的歧途！一时间，许多从国统区到达延安的革命同志被诬指为"特务"。这一年的春天和夏天，丁玲在中央党校一部参加审干运动，她主动补充交代了她被幽禁在南京时给敌人写过一个字条，那大意是"因误会被捕，生活蒙受优待，未经过什么审讯，以后出去后，不活动，愿居家读书养母。"于是，审查她的那个党支部，便在关于她的《初步结论》中，不但诬蔑她自首叛变，而且把《在医院中》和《"三八节"有感》指为丁玲的严重政治错误。丁玲是中央组织部管理的干部。这个《初步结论》既没有同丁玲见面,也没有报请上级党组织审批,更没有向中央组织部报告,便把它塞进了丁玲的档案袋,成了一份地地道道的黑材料。

从这时候开始,《在医院中》成了一篇有争议的小说。

延安的读者也许不知道丁玲在"抢救失足者"运动中的遭遇,他们把小说结尾的话:"新的生活虽要开始,然而还有新的荆棘。人是要经过千锤百炼而不消溶才能真正有用。人是在艰苦中生长。"抄下来贴在墙壁上当座右铭,有个机关的俱乐部还把它和列宁、毛主席的警句同等看待,用鲜红的长条大纸写着。[①]显然,丁玲对此很谨慎,无论是她自己在延安编的小说集子,还是别人代她编的、在国统区出版的小说集子,都没有收进《在医院中》。

《在医院中》的大劫大难始于1957年的"反右派"运动。周扬在《文艺战线上的一场大辩论》中说:"丁玲在1941年写的《在医院中》更是集中地表现了她对工人阶级,对劳动人民的敌视。这篇小说是丁玲的极端个人主义的反动世界观的缩影。小说把一个有着严重的反党情绪的年轻的女共产党员陆萍描写为一个新社会的英雄人物,仅仅是因为组织上分配工作的时候没有满足她的不切实际的幻想,作者就忍不住替她的主人公抱不平,把党和革命的需要咒骂为套在脖子上的'铁箍'。在个人利益和集体利益发生抵触的情况下,陆萍对延安的一切报以仇视的眼光,并且在医院中展开了一系列的反党活动。小说把革命根据地劳动群众写成愚蠢的、麻木的人,把延安写

---

① 据《文艺报》1957年9月25日第25期。

成一个残酷无情、阴森可怕的地方，延安的革命干部从上到下都是没有希望的。因此，作者支持她的女主人公'同所有的人'作斗争。丁玲写道：'她寻仇似的四处找着缝隙来进攻，她指摘着一切。她每天苦苦寻思，如何能攻倒别人，她永远相信，真理是在自己这一边的。'丁玲这篇小说，正是宣传了她反党、反人民的'真理'，狂热的资产阶级个人主义的'真理'。"

张光年紧跟周扬，以《莎菲女士在延安》为题，批判《在医院中》。说什么陆萍"她仇恨的不是延安的某些事物；仇恨的是延安的一切。她不是同某些人斗争；而是同延安的'所有人'斗争。她否定的不是某些工农兵；否定的是工农兵的整体。她攻击的不是一个医院；攻击的是整个的延安和整个的党。""她寻仇似的四处找着缝隙来进攻"！丁玲在小说中写陆萍同郑鹏与黎涯"他们计划着，想如何把环境弄好，把工作搞得更实际些"。这本来是符合实际的描写，可张光年愣是抓住这一点，认为"完全可以有理由说，这三个有浓厚反党情绪，结成了一个和革命组织互相抵触的小集团。而陆萍还是一个所谓党员哩！原来，拉拢党外的反党分子向党进攻，早就是有前例可援的！"真是欲加之罪，何患无辞！

王灯荧也不甘落后，他为了表示自己的"进步"，特地撰文斥责《在医院中》的"反动性质"，在文章结尾处，不忘往事地写上："笔者曾于1942年间发文批评过她的这篇小说。现在看来，是很不够的。因此感到有进一步批评它的必要，以便于读者了解丁玲的反党面目。"

《在医院中》的平反昭雪是从1979年开始的。这年夏天，丁玲自己的冤案尚未平反,她应人民文学出版社之约编辑《丁玲短篇小说选》,1979年8月11日,她在《后记》中说:"我把《莎菲女士的日记》《我在霞村的时候》《在医院中》这三篇所谓'毒草''反党文章'都不作改动,收集在这本集子里,以求得到广大读者的批评再批评。"

1981年2月15日《钟山》第1期,刊发了严家炎先生的文章:《现代文学史上的一桩旧案——重评丁玲小说〈在医院中〉》。

严先生一开篇就写道:"一些复杂的事情,往往需要人们反复研究,从各种角度加以探索,才能认识得比较清楚,比较准确。"接着,他引用毛泽东同志说过的话:"为了判断正确的东西和错误的东西,常常需要有考验的时间。历史上新的正确的东西,在开始的时候常常得不到多数人承认,只能在斗争中曲折地发展。正确的东西,好的东西,人们一开始常常不承认它们是香花,反而把它们看作'毒草'。""同旧社会比较起来,在社会主义社会中,新生事物的成长条件,和过去根本不同了,好得多了。但是压抑新生力量,压抑合理的意见,仍然是常有的事。不是由于有意压抑,只是由于鉴别不清,也会妨碍新生事物的成长。"[①]严先生认为"丁玲作品《在医院中》三十多年来的遭遇,也许可以说正属于这种情形"。

概述了小说的基本情节之后,严先生明确指出:"陆萍是这个医院中出现的名副其实的改革家。'总不满于现状'——这决不是她的过错,而正是她的一大优点,也是她的一大特

---

① 毛泽东:《关于正确处理人民内部矛盾的问题》。

点。"

严先生说:"陆萍与周围环境的矛盾,究竟属于什么性质?真的是极端个人主义者与革命集体之间的矛盾吗?或者是主观上贪图安乐、害怕艰苦与客观上物质条件极端贫乏之间的矛盾吗?都不是!——至少我们从作品中,看不到这些说法的客观依据。作品本身告诉读者,陆萍与周围环境之间的矛盾,就其实质来说,乃是和高度的革命责任感相联系着的现代科学文化要求,与小生产者的蒙昧无知、褊狭保守、自私苟安等思想习气所形成的尖锐对立。""《在医院中》就是通过主人公陆萍的亲身经历,揭露了小生产习惯势力同现代科学技术之间的尖锐矛盾,显示了这种思想作风给无产阶级革命事业所带来的危害,具体真切地说明像中国这样一个经济上、文化上都很落后的国家,要进行先进的无产阶级革命,要推广先进的自然科学和技术,会遇到多少严重的有时简直难以想象的困难和阻碍。陆萍从周围所遇到的一切,实际上是在一个封建传统很长,小生产占着支配地位的国家里,必然会遇到的。小说主题思想方面的这一积极内涵,使作品在努力实现'四个现代化'的今天,仍然具有很大的认识意义和教育意义。"

对于《在医院中》的缺点,严先生指出它"在艺术构思和具体描写方面确实存在","例如:选取一个入党不久、仍有不少小资产阶级感情的革命知识青年陆萍做主人公,通过她的眼睛来观察周围事物,未免有不够准确之处;对她身上的某些弱点,有时也要求不严,原谅过多;失去双腿的老战士出现得过迟,形象不够饱满;结尾过于仓促,因而使作品稍嫌压抑,影响了作者意图的充分体现;但是,从作品的主要方面看,从整个文学发展史上看,《在医院中》自有其不可磨灭的独特贡献"。这就不只是为这篇小说昭雪了冤案,而且肯定了它在文学史上的地位以及它在今天的认识意义和教育意义。无怪乎丁玲的同龄人、著名作家艾芜1988年10月3日写的《有关丁玲的回忆》一文中深情地说:"丁玲忠于党,忠于党的革命事业;她的文艺作品,为新文艺增添了光彩,会长存下去。"①

严家炎先生的这篇力作发表的时候,当年批判《在医院中》的人们都还健在,手中都握有文艺领导机构的重权,不知道为什么,却不见他们撰文反驳严文。难道是他们与时俱进,接受了严家炎先生的科学论证?然而,事实告诉人们:他们高喊着"解放思想"的口号,却利用手中的权力阻挠拨乱反正。曾经代理过中国作协党组书记的那一位,在回答西南地区一些高校编写现代文学史的教师们提问时,毫不含糊地说:丁玲嘛,她的《太阳照在桑干河上》可以提一提。于是,我们看到了由唐弢先生主编的统编教材《中国现代文学史》根本不提丁玲在1948年以前的创作;为此,唐弢先生曾向丁玲表示歉意,认为那是很不公正的;他打算修改,可是阻力太大,他是克服不了的。

---

① 载《新文学史料》1995年第4期。

丁玲创作年表

1927年
短篇小说《梦珂》发表于《小说月报》18卷12号。

1928年
中篇小说《莎菲女士的日记》发表于《小说月报》19卷2号。
短篇小说《暑假中》发表于《小说月报》19卷5号。
短篇小说《阿毛姑娘》发表于《小说月报》19卷7号。
以上4篇小说,结集为《在黑暗中》,于11月由上海开明书店出版发行。

1929年
短篇小说《庆云里中的一间小房里》发表于《红黑》月刊创刊号。
短篇小说《过年》发表于《红黑》月刊2号。
短篇小说《岁暮》发表于《人间》月刊2号。

短篇小说《小火轮上》发表于《红黑》月刊3号。

短篇小说《他走后》发表于《小说月报》20卷3号。

短篇小说《日》发表于《红黑》月刊5号。

短篇小说《野草》发表于《红黑》月刊7号。

评论《介绍〈到M城去〉》发表于《红黑》月刊7号。

1930年

中篇小说《韦护》发表于《小说月报》21卷1—5号。

短篇小说《年前的一天》发表于《小说月报》21卷6号。

短篇小说《一九三〇年春上海》（之一）发表于《小说月报》21卷9号。

短篇小说《一九三〇年春上海》（之二）发表于《小说月报》21卷11、12号。

1931年

短篇小说《从夜晚到天亮》发表于《微音》月刊1卷3期，署名彬芷。

短篇小说《田家冲》发表于《小说月报》22卷7号。

诗歌《给我爱的》发表于《北斗》创刊号，署名T·C。

中篇小说《水》发表于《北斗》1卷1—3期。

1932年

论文《"创作不振之原因及其出路"讨论小结》发表于《北斗》2卷1期；1933年收入天马书店出版的《丁玲选集》时，改题为《对于创作上的几条具体意见》。

短篇小说《法网》由良友图书印刷公司出版单行本。

短篇小说《其夜》发表于《文学月报》创刊号。

长篇小说《母亲》由《大陆新闻》连载,由良友图书印刷公司于1933年出版。

短篇小说《消息》发表于《文学月报》2期。

短篇小说《夜会》发表于《文学月报》3期,署名丛喧。

论文《我的创作经验》发表于《中华日报》副刊。

1933年

短篇小说《给孩子们》发表于《东方》杂志30卷1、2期。

短篇小说《奔》发表于《现代》杂志3卷1期。

书信《不算情书》发表于《文学》杂志1卷3期。

1936年

短篇小说《松子》发表于《大公报》副刊。

短篇小说《团聚》发表于《文季月刊》1卷4期。

代发刊词《刊尾随笔》发表于《红色中华》报副刊《红中副刊》创刊号。

散文《广暴纪念在定边》发表于《红色中华》报副刊《红中副刊》。

1937年

书信《鲁迅先生逝世唁函》由北新书局出版,署名:耀高丘。

散文《彭德怀速写》发表于《新中华报》副刊。

散文《记左权同志话山城堡之战》发表于《新中华报》副刊。

短篇小说《一颗没有出膛的枪弹》发表于《解放周刊》创刊号，1938年收入生活书店出版的短篇集时，改题为《一颗未出膛的枪弹》，并以此为书名。

散文《文艺在苏区》发表于《解放周刊》1卷3期。

1939年

散文《冀村之夜》发表于《文艺阵地》2卷7期。

诗歌《七月的延安》写于延安。

1940年

短论《作家与大众》发表于《大众文艺》1卷2期。

短篇小说《入伍》发表于《中国文化》1卷3期。

散文《我怎样来陕北的》发表于香港《大公报》副刊。

散文《开会之于鲁迅》发表于《大众文艺》1卷5期。

1941年

短论《什么样的问题在文艺小组中》发表于《中国文艺》1卷1期。

短篇小说《夜》发表于《解放日报》，署名晓菡。

短篇小说《我在霞村的时候》发表于《中国文化》2卷1期。

短论《我们需要杂文》发表于《解放日报》文艺副刊。

短篇小说《在医院中时》发表于《谷雨》创刊号，1942年

《文艺阵地》转载时改题为《在医院中》。

1942年

杂文《"三八节"有感》发表于《解放日报》文艺副刊。

散文《风雨中忆萧红》发表于《谷雨》5期。

论文《关于立场问题我见》发表于《谷雨》5期。

论文《文艺界对王实味应有的态度及反省》发表于《解放日报》。

报告文学《十八个》发表于《解放日报》。

1944年

报告文学《二十把板斧》发表于《解放日报》。

散文《田保霖》发表于《解放日报》。

报告文学《一二九师与晋冀鲁豫边区》发表于《解放日报》,未署名;1950年7月由新华书店出版单行本,署名丁玲。

散文《民间艺人李卜》发表于《解放日报》。

1945年

散文《袁广发》发表于《解放日报》。

散文《三日杂记》发表于《解放日报》。

杂文《窃国者诛》发表于《晋察冀日报》。

1946年

话剧剧本《"望乡台"畔》发表于《北方文化》1卷3、4

期，分别署名丁玲、逯斐、陈明；1949年由大众书店出版单行本改题为《窑工》。

散文《吊"四八"殉难诸同志》发表于《晋察冀日报》。

散文《我怎样飞向了自由的天地》发表于1946年5月5日《时代青年》1卷5期。

1948年

长篇小说《太阳照在桑干河上》由东北光华书店出版。

1949年

评论《应该从生活出发，而不能从形式出发》发表于《东北日报》，1951年收进人民文学出版社出版的《跨到新的时代来》，改题为《不能从形式出发》。

散文《十万火炬》发表于《东北日报》，后收进《欧行散记》。

散文《永远活在我心中的人们》发表于《新中国妇女》创刊号。

1950年

论文《从群众中来，到群众中去》收入《中华全国文学艺术工作者代表大会纪念文集》，由新华书店出版。

论文《跨到新的时代来》发表于《文艺报》2卷11期。

散文《〈旗帜〉杂志编辑部给我的鼓励》发表于《中苏友好》12期。

散文《创作与生活》发表于《文艺报》3卷1期。

1951年

电影文学剧本《战斗的人们》发表于《人民文学》3卷4期。

散文《战士史沫特莱生平》发表于《人民日报》。

书信《作为一种倾向来看——给萧也牧同志的一封信》发表于1951年8月10日《文艺报》4卷8期。

1952年

散文《中国的春天》发表于《人民日报》。

论文《要为人民服务得更好》发表于《光明日报》。

讲话稿《荣获斯大林奖金后对苏联记者的谈话》发表于《新中国妇女》5、6期合刊,收进《丁玲文集》时改题为《荣获1951年斯大林文艺奖金后对苏联记者的谈话》。

1953年

论文《到群众中去落户》发表于《文艺报》20期。

书信《给曹永明同志的信》发表于《人民画报》11月号,收进《丁玲文集》时,更正为《给曹裕明同志的信》。

散文《粮秣主任》发表于《人民日报》。

1954年

散文《记游桃花坪》发表于《人民日报》。

论文《文艺学习没有捷径可走》发表于《中国青年》12期。

1955年

论文《生活、思想与人物》发表于《人民文学》3期。

1956年

长篇小说节选《在严寒的日子里》发表于《人民文学》10期。

1979年

散文《"牛棚"小品(三章)》发表于《十月》杂志2期。

《答〈开卷〉记者问》发表于香港《开卷》杂志5期。

散文《杜晚香》发表于《人民文学》7期。

评论《一朵新花》发表于《中国青年报》。

讲话稿《解答三个问题》发表于《北京文艺报》10期。

讲话稿《讲一点心里话》发表于《红旗》12期。

1980年

散文《我所认识的瞿秋白同志——回忆与随想》发表于《文汇》增刊2期。

散文《也频与革命》发表于《诗刊》3期。

讲话稿《谈自己的创作》发表于《新苑》杂志4期。

讲话稿《我这二十多年是怎么过来的》发表于《中国青年报》。

散文《元帅啊,我想念您!》发表于《人民日报》。

散文《沉痛地告别过去，勇敢地面向未来》发表于1980年12月10日《人民日报》。

1981年
散文《胡也频》发表于《文汇》增刊1期。
短论《我所希望于文艺批评的》发表于《文学评论》1期。
评论《我也在望截流……》发表于《人民日报》。
评论《一首爱国主义的赞歌》发表于《文艺报》1期。
讲话稿《答外国驻京记者问》发表于时代的报告》增刊1期。
散文诗《诗人应该歌颂您》发表于《人民日报》。
讲话稿《我的命运是跟党联在一起的》发表于《光明日报》。
讲话稿《文学创作的准备》发表于《当代》4期。
散文《鲁迅先生于我》发表于《新文学史料》3期。
讲话稿《还是要人、文并进》发表于《长春》10期。

1982年
讲话稿《延边之行谈创作》发表于《金达莱》文学丛刊1期。
讲话稿《五代同堂，振兴中华》发表于《文艺报》3期。
书信《丁玲与青年的通信》发表于《新观察》9期，收进《丁玲文集》时改题为《作者应该对读者负责——给一个青年同志的复信》。

评论《漫谈〈牧马人〉》发表于《文艺报》5期。

回忆录《延安文艺座谈会的前前后后》发表于《新文学史料》2期。

讲话稿《增强党性,去掉邪气》发表于《光明日报》。

评论《我读〈洗礼〉》发表于《当代》3期。

散文《曼哈顿街头夜景》发表于《文学报》80期。

散文《回忆潘汉年同志》发表于《新文学史料》4期。

散文《回忆宣侠父烈士》发表于《光明日报》。

1983年

序跋《浅谈"土"与"洋"——延安文艺丛书总序》发表于《人民日报》。

诗歌《吊亡友萧三》,发表于《诗刊》3期。

文论《美的语言从哪里来》发表于《边疆文艺》4期。

讲话稿《我是一棵小草》发表于《个旧文艺》5期。

讲话稿《走正确的文学道路》发表于《文学报》。

1984年

讲话稿《五世同堂,团结兴旺——在〈中国〉文学双月刊创刊招待会上的讲话》发表于《光明日报》。

散文《一代天骄——记京海计算机机房装备公司经理王晓辉》发表于《中国》创刊号。

1986年

回忆录《魍魉世界》发表于《中国》11、12期。

1987年

散文《风雪人间》发表于《华人世界》4期。

2000年

两篇遗作《"漫谈左联"点滴》《读书问题及其他》发表于《新文学史料》4期。

百年中篇典藏

林贤治 主编

《阿Q正传》　鲁迅 著

《她是一个弱女子》　郁达夫 著

《莎菲女士的日记》　丁玲 著

《二月》　柔石 著

《生死场》　萧红 著

《林家铺子》　茅盾 著

《丽莎的哀怨》　蒋光慈 著

《长河·边城》　沈从文 著

《阳光》　老舍 著

《八月的乡村》　萧军 著

《小二黑结婚》　赵树理 著

《饥饿的郭素娥》　路翎 著

《组织部来了个年轻人》　王蒙 著

《大淖记事》　汪曾祺 著

《绿化树》　张贤亮 著

《被爱情遗忘的角落》　张弦 著

《人到中年》　谌容 著

《小鲍庄》　王安忆 著

《关于詹牧师的报告文学》　史铁生 著

《褐色鸟群》　格非 著

《妻妾成群》　苏童 著

《小灯》　尤凤伟 著

《回廊之椅》　林白 著

《到城里去》　刘庆邦 著